湖岸®
Hu'an



# 我记得……

# Je me souviens

Georges Perec

[法]乔治·佩雷克●著
潘文柱●译

中信出版集团 | 北京

**图书在版编目（CIP）数据**

我记得…… / (法) 乔治 · 佩雷克著 ; 潘文柱译
. -- 北京 : 中信出版社, 2020.4
ISBN 978-7-5217-1239-1

Ⅰ. ①我… Ⅱ. ①乔… ②潘… Ⅲ. ①散文集—法国—现代 Ⅳ. ①I565.65

中国版本图书馆CIP数据核字(2019)第269768号



**我记得……**

著　　者 : [ 法 ] 乔治 · 佩雷克
译　　者 : 潘文柱
出版发行 : 中信出版集团股份有限公司
　　　　　（北京市朝阳区惠新东街甲4号富盛大厦2座　邮编　100029）
承 印 者 : 三河市紫恒印装有限公司

开　　本 : 787mm × 965mm　1/32　　印　　张 : 5　　字　　数 : 100千字
版　　次 : 2020年4月第1版　　印　　次 : 2020年4月第1次印刷
京权图字 : 01-2019-8034　　广告经营许可证 : 京朝工商广字第8087号
书　　号 : ISBN 978-7-5217-1239-1
定　　价 : 39.00元

# 目录

# 序言[1]

1　本文是美国普林斯顿大学比较文学教授、乔治·佩雷克研究专家大卫·贝洛斯（David Bellos）为菲利普·特里（Philip Terry）英译的《我记得……》一书撰写的序言，经作者本人授权用于此中译本。贝洛斯教授也是佩雷克作品的英语译者，还著有详尽的佩雷克传记《乔治·佩雷克：词语中的一生》（*Georges Perec. A Life in Words*），并凭借该作品获得1994年龚古尔传记奖。——编者注

乔治·佩雷克1936年出生于巴黎一个波兰移民家庭。1940年，父亲在法国保卫战中战殁。1943年，母亲被驱逐回波兰，并丧生于奥斯威辛集中营。法国沦陷期间，佩雷克在姑父和姑母照料下，生活在法国境内的阿尔卑斯山地区。战争结束后，姑父母在巴黎将他抚养成人。大约18岁时，他决心成为一名作家。1958—1960年参军这段时间前后，[1] 佩雷克第一次尝试写作小说，却像所有文学新人一样遭遇退稿。1961年，他谋得一个医学研究实验室资料员的职位，并在此一直工作到1979年。不过，1965年，他以同辈作家中一个话不多的小个子形象一举成名——那部作品是《物》。不久之后，佩雷克邂逅由雷蒙·格诺[2]和弗朗索瓦·勒利奥奈[3]领军的实验性写作团体“乌力波”，由此被彻底改变。而他加入“乌力波”并逐渐成为其中最为成功、最受欢迎的作家，也彻底改变了这个团体。

“在我写的书里，几乎没有哪本完全没有自传印记。”佩雷克在1978年发表于《费加罗报》的一篇关于他自己的著名短

1　佩雷克这段时间在波城的伞兵部队服役。——译者注（余同）

2　雷蒙·格诺（Raymond Queneau，1903—1976），法国作家、诗人、批评家，“乌力波”发起人。

3　弗朗索瓦·勒利奥奈（François Le Lionnais，1901—1984），法国作家、数学家，“乌力波”发起人。

文中写道，“……同样的，在我写的书里，几乎没有哪本不遵循种种乌力波式的结构或限制（即使只是象征性的），也没有哪本绝不包含对自己的写作进行约束的限制或结构。”[1]

《我记得……》就是一个受到上述两种写作影响的突出例子：它显然属于自传，也遵循一个虽不难做到但严格而正式的限制。同时，它也是既往写作中最奇特的文学作品之一。《我记得……》出版于1978年，在佩雷克的杰作《人生拼图版》揽获美第奇文学奖之后不久。它不是一出戏剧、一首诗歌或一部小说，也不是通常所理解的回忆录，只是集合了479个以“我记得”开头的句子，外加一个未完成的第480句——仅有“我记得……”这几个字（添加无内容的第480句“我记得……”，隐蔽了这样一个的事实：佩雷克的记忆清单结束于第42个素数）。尽管《我记得……》独特而费解，但它仍然迅速成为法国最受欢迎的短篇作品之一，一直以来被模仿、戏拟、重述、改写，次数远多于佩雷克的其他作品。在当代法语中，“我记得”这几个字本身几乎就是一个文学典故。

1 语出佩雷克的文章《我追寻什么》（« Notes sur ce que jecherche »）。此文发表于1978年12月8日《费加罗报》，后收入文集《思考/分类》（*Penser/Classer*）。

像佩雷克的很多写作计划一样，《我记得……》的缘起纯属偶然。1970 年，佩雷克结识了美国作家哈里·马修斯[1]。高大英俊的外国侨民哈里，同这个头发蓬乱、经济拮据的巴黎人成了一对奇特的知己。熟悉纽约艺术圈的马修斯向佩雷克谈及了画家乔·布雷纳德[2]推出的连载自传《我记得》（*I Remember*），这部作品完全由以“我记得”开头的句子构成。佩雷克不太可能看过或读过布雷纳德的作品，但被它的构思所吸引，并借用在自己的作品上。起初，他在诺曼底的昂代磨坊[3]——他常常在这里静修写作——将这个构思当作室内游戏来玩。佩雷克向游戏参与者提出的约束是，你所记得的，必须是其他人也能记得的，而且这些记得的必须是不复存在的（布雷纳德完全没有这样做）。“我想说，我记得维达·沙宣[4]，”佩雷克抱怨道，“但是不行，因为他还在世。”然而，这并没有妨碍他在发表的文本中提到维达·沙宣，采取的方式是把“沙宣”（Sassoon）错书为“沙逊”（Sasoon）。

20 世纪 70 年代中期，佩雷克开始套用“我记得”进行习作。1973 年、1975 年、

1　哈里·马修斯（Harry Mathews，1930—2017），“乌力波”首位美国成员。

2　乔·布雷纳德（Joe Brainard，1942—1994），美国艺术家、作家，20世纪70年代出版了一系列以“我记得”为主题的回忆录作品。

3　昂代磨坊（Moulin d'Andé），在巴黎西北的厄尔省市镇昂代，可为作家、艺术家等提供食宿以及适合创作、交流等的环境。佩雷克在这里完成了其著名作品《消失》（1969）。

4　见《我记得……》第398则。

1977年，他草草写出一堆大多是十几岁时期的记忆，1976年在一家期刊上发表了其中一组，然后决定继续照此写作，直到完成一本书。与许多形式固定的结构化文本一样，这部作品的潜在意义一定程度上取决于它的长度。十几则“我记得”可能只是显得奇特，一百则则可能惹人厌烦，但超过一定数量之后，公式般重复的文本会创造出新的效果。佩雷克的特殊天赋就在于清楚何处是分界点。例如，在《人生拼图版》第三十三章中，关于阿尔塔蒙夫人地下室库存的描写，完全与叙事无关，也超越了常识的界限，但正是这种带有奇幻色彩的写作长度，激发了阅读的快感。[1] 作者对穷举的热衷与坚持制造出一场狂欢，也勾起了一种列尽清单的徒劳感。

“我记得”的写作模式非常易于模仿。任何人都可以写自己的“我记得”：不需要特殊语言训练，不需要特殊语言能力，也不需要零散的诗思或天赐的灵感。因此，这意味着，“乌力波”致力的写作方式创新，其他人也可以做到。佩雷克要求他的出版商在每本书结尾留下几个空白页，“供读者

1　佩雷克在《人生拼图版》第三十三章中一一列举了阿尔塔蒙家地下室存放的食品、酒、日用品等，多达数百种，占据了整整两页篇幅，见该书中文版第155 ~ 157页（丁雪英、连燕堂译，中信出版集团，2018）。本书注释中涉及《人生拼图版》之处，均以该中文版为依据标注页码，大卫·贝洛斯在本序言后文引用《人生拼图版》时标注的英文版页码，也转换为中文版相应页码。

写下他们自己的‘我记得’，而阅读这些‘我记得’有望激发写作灵感”。

佩雷克的其他作品中遍布着隐而不显指向他自己的内容。“我记得”于他而言正有其个人功用。进入这里的记忆，也就是佩雷克所记得的，可能精准呼应他别的作品中提及的小细节，或者为这些小细节提供注脚，而这些小细节也正是你所记得的。《我记得……》让精读过《人生拼图版》的读者将《人生拼图版》与其他作品结合了起来，也在虚构、回忆与历史之间重新建立了联系。由此，这本书在有意无意之中，将其他作品引向了自传领域。比如，为什么弗朗索瓦·布雷台尔这个不幸的丈夫——他妻子是德博蒙夫人的女儿，在小说中被谋杀——会路过厄堡（见《人生拼图版》第139页）？参见《我记得》第8则。为什么佩雷克记得朱诺曾是阿布朗泰斯公爵（见第20则）？因为他一定是在写作“地点”[1]的相关章节时，花时间观察了朱诺大街的街牌（上面有关于朱诺与阿布朗泰斯身份的说明），而这个主题将详细描写作者对巴黎12处不同地点的实时观察，其中之一正是朱诺大街。书后的注释中会

1. 1969年，佩雷克开始构思一个名为“地点”的写作计划，打算用12年时间描写与他成长经历有关的巴黎12处地方，但是未能坚持按计划写下去，直至1975年完全放弃。其间陆续完成的五个片段刊登在1977年和1979年的报刊上，后分别收入不同的文集。

提到类似的一些关联和回响，很多都可能激发读者们的考据兴趣。[1]

对于世所公认的事实与众所周知的事件，或者类似的事实与事件，“我记得”做出的约束非常重要。有些人记得埃及出生的法国抒情歌手里达·开尔在圣克鲁门电影院演出（见第1则），有些人记得车牌号为7070 RL2的雪铁龙11CV轿车（见第2则），两个人群也许有重叠，也许没有重叠。显然，由这两个人群重叠后形成的更小人群，自动包括乔治·佩雷克。同样，佩雷克属于记得歌曲《十六吨》的人群（见第425则），我也是如此；他还属于记得安德烈·纪德曾是诺曼底一个小镇镇长的人群（见第222则），我并不在其中，但纪德的研究者会在。由此，《我记得……》创造出一群有部分交集的读者——某些记忆为他们所共有，某些记忆为他们所特有。它把他们每个人都推入人群的中心，同时又把他们每个人都推出人群的中心，却留下一个而且是唯一一个拥有全部479个记忆的人。这个人显然就是乔治·佩雷克，他运用纷繁复杂的细节，并以自己与同辈人群之间的多重关系为依据，叙说了——确切

1　为有助于读者理解，此中译本也对佩雷克记得的这些零散事物做了简要注释，个别地方参考了贝洛斯的注释内容。

说是如几何学般精准地描绘了——那个时代。如果你静心想想，这是一个了不起的成就，尤值一提的是，它采取的是最简单的方式。“我记得”这种只使用共有记忆的方式，乍看起来是以集体认同消解个人记忆，也就是说，一个人作为个体，如同其他成千上万个人一样，记得加里·戴维斯或日本投降，[1] 但在写作实践中，如果挖掘得足够深，结果则恰恰相反：它将自传作者定位在一个479维的空间中，在这个空间中，他的具体身份是独一无二的，再多的自我表白也无法企及。

1 分别见《我记得……》第11则和第40则。

佩雷克在《我记得……》中列出的记忆，没有明确的次序或叙事逻辑，因此，他的这种写作模式让人回想起古代编年史中的“无序清单”在早年间的大量运用。比如，在《悲惨世界》的著名章节《一八一七年》中，维克托·雨果从青少年时期的记忆中，杂乱无章地列举出了一百多种事物。但不同的是，把以“我记得……”起首的、句式重复的句子叠加起来，并且进行编号，将“混乱枚举”转化成某种更像一首诗的东西，或者说，这就是佩雷克对诗的理解。最好的例子体现在《人生拼图版》中：佩雷克在书中放入了一份莫罗夫人的室内装潢公司销售的手工工具目录（见第72～74页），而这份目录摘自两个法国厂商的真实目录。在目录中，每个产品项的结尾处，佩雷克都加了一句“保修期1年”。按照他自己的说法，这个叠句使他的剪贴目录变成了一首诗。

不少知名作家和非知名作家都写过题为“我不记得……”“我已忘记……”之类的作品，而《我记得……》或多或少为他们的创作方法带来了重要改变。不过，加拿大电影《我不记得》[1]并非得名自佩雷克，而是起源于加拿大魁北克省的箴言“我记得”。佩雷克可能已经不记得，他曾经在蒙特利尔短暂停留，并在那里为一部人类学纪录片撰写解说词，而这些材料被他改编成《人生拼图版》第二十五章。[2]

佩雷克的记忆有多么好吗？并不完美。在本书附言中，他举例说，自己记错了第二次世界大战前网球明星的名字。书出版后，他的朋友和读者指出了其他类似问题和错误。“但是，那没什么！”佩雷克据说如此回应，“我记得就是这样！”（大卫·贝

1《我不记得》(*Je ne me souviens pas*, 1990)，法国电影人罗曼·古皮（Romain Goupil）编剧、导演的电影短片。

2《人生拼图版》第二十五章讲述了人类学家阿邦泽尔在印度尼西亚苏门答腊追踪研究当地土著人的故事，见该书第106～112页。

洛斯，《乔治·佩雷克：词语中的一生》，第636～637页）他的目的不是要展现十几岁时大众文化的本来面貌，而是要还原当年他自己真实的记忆图景。换句话说，逝去岁月的479个记忆碎片构成的记忆场域，不过是那个生活在20世纪70年代的乔治·佩雷克的自传式记录。实际上，唯一可能证明这个结论的就是那些错误本身。读者可能会疑心狡猾的作者为了恰好制造某种效果，刻意插入了几个小问题，从而放过那些错误，但即便如此，我相信大部分错误都不过是佩雷克自己的失误。

《我记得》在佩雷克那些现已年近八十的法国同辈中受到欢迎可以理解，在其后辈中同样受到欢迎就不大容易解释了。上述两种情况都归因于欧洲诗歌创作中的经典主题“今何在?”[1]。1461年，维庸[2]写出了著名诗句“去年雪，今何在?”（19世纪由但丁·加布里埃尔·罗赛蒂[3]译成英文），赋予了这个主题以难忘的形式。1953年，吉他民谣歌手乔治·布拉桑[4]为维庸的这首诗谱曲，并将它收入专辑《风》（*Le Vent*）。由于浓缩出愉人的怀旧情绪，这首歌被整

1　原文为拉丁语“*ubi sunt?*”。

2　弗朗索瓦·维庸（François Villon，1431—约1463），中世纪后期法国诗人。

3　但丁·加布里埃尔·罗赛蒂（Dante Gabriel Rossetti，1828—1882），英国画家、诗人、翻译家。

4　乔治·布拉桑（Georges Brassens，1921—1981），法国歌手、词曲作家。

整一代人所传唱。这个主题的其他现代例子，还有布莱希特[1]填词、魏尔[2]谱曲的《南娜之歌》(*Nanna's Lied*)，皮特·西格[3]1964年发行的民谣单曲《花落谁家?》(*Where Have All the Flowers Gone?*)。此外，在1988年的阿维尼翁艺术节上，主办方通过朗诵作品和举办展览的方式向乔治·佩雷克致敬。萨米·弗雷[4]在舞台上的极简布景中以独白方式表演《我记得……》，唯一的道具是一台室内健身自行车。演出取得了巨大成功，随后几个月里在巴黎接连加演，先是在喜歌剧院，后是在摩加多尔剧院，场场爆满。2003年，它在巴黎重新上演时，甚至获得了更高的赞誉，并且被制作成电影短片，后来还到外省和加拿大巡演。演出的大多数观众并不能令人信服地直接分享佩雷克的记忆。这部译作的读者同样如此，并没有几个人曾经在1945—1965年去过巴黎（如果去过，他们极有可能在很久之前通过法语读到过这部作品）。

重复出现的"我记得"，后面紧跟着一些对法语读者来说，同样也对英语读者来说，非常晦涩的、外来的人名和事件。它创造的不是怀旧本身，而是怀旧的印象，

1 贝托尔特·布莱希特(Bertolt Brecht，1898—1956)，德国戏剧家、诗人。
2 库尔特·魏尔(Kurt Weill，1900—1950)，德国作曲家，后移民美国。
3 皮特·西格(Pete Seeger，1919—2014)，美国民谣歌手、社会活动家。
4 萨米·弗雷(Sami Frey)，波兰犹太裔法国演员。

甚至是怀旧的本质。由于有规律重复的特殊魔力，佩雷克“我记得”的实质性内容让位于一种欣喜若狂而又伤心欲绝的文学效果：不是怀旧本身（对业已消失、无法恢复事物的渴望），而是氛围，是情绪，是怀旧的感觉，超越了任何真实的记忆或悔恨。我们眼下在这本奇特的书中看到的，不是流行文化——属于一个久被遗忘的时代——的复苏，而是一个人对流行文化——属于他自己的年轻时代——的沉迷。正像文艺复兴艺术中的“勿忘你终有一死”[1]，《我记得……》是对万物虚无的一种感伤提醒。因为我们真的几乎忘记了年轻时活着的感觉。

1 原文为拉丁语*memento mori*。

佩雷克很清楚他在做什么，但同时又极力否认。这就是他编制那些过度的、疯狂的、未完的而且几乎无用的索引的原因。《我记得……》的人名和主题索引（主题索引更像是突发奇想而非周密设计的产物）让它看起来像历史参考书，但实际上并非如此。正如《暗室》（*La Boutique obscure*）（佩雷克记述梦境的无页码之书）里毫无用处的索引，或者揶揄阿尔及利亚战争的《院子里的哪一辆镀铬车把小自行车?》

(*Quel petit vélo à guidon chromé au fond de la cour?*）里从A到P的半截索引，《我记得……》中的索引只是提供了一种模拟秩序，以便带领读者更深入地阅读。它所提供的是“我记得”这些无序材料的重新混杂。采用字母排序是因为它在内容上是随机的，这清楚地表明，于记忆而言，不存在自发形成或人为设定的秩序。佩雷克的所有索引都是要消解索引。比如，在《人生拼图版》庞大而细致的索引中，虚构人物与真实人物是互不区分的。消解悄然发生，这些索引也成为作品最醒目的片段。作品中，在这个地位不高的资料员挥洒之下，清晰明白的东西不是变得整齐有序，而是化为生活本身的无尽混乱。

1986年，英国小说家、仿写作家吉尔伯特·阿代尔[1]（后来成为佩雷克作品《消失》的神奇译者，译文中完全避免使用字母e）发表了自己仿写的《我记得……》。这部作品不是译作，而是一组由“我记得”开头的句子，记录的也不是对佩雷克童年时期法国的记忆，而是对英国的记忆。菲利普·特里此番新译的《我记得……》试

1 吉尔伯特·阿代尔（Gilbert Adair，1944—2011），曾长居巴黎。他将佩雷克的小说《消失》译作*A Void*（意为“虚空”）。

图重现佩雷克对自己青春期的记忆，不过他在翻译时，特别是翻译法语谐音词、双关语构成的笑话时，偶尔会采取归化译法。就像佩雷克邀请他的读者在这本书的后面加上自己的记忆一样，特里对原文的偶尔改动（我的有些注释则完全遵循作者自传）可以视为同一种意思表达。

《我记得》还促成了一部出色作品的诞生——罗兰·布拉瑟尔[1]写的《我记得〈我记得……〉》（*Je me souviens de 'Je me souviens'*，1998）及其增补版《我记得更多关于〈我记得……〉》（*Je me souviens encore mieux de 'Je me souviens'*，2003）。这部作品对《我记得……》中蕴含的文学和历史知识极度痴迷。佩雷克的每一条“我记得”，布拉瑟尔都提供了历史细节和参考资料，包括海报、广告词、动画片、食品标签……几乎涵盖了佩雷克文本中提到的所有印刷品和图像组成的平面世界。可以肯定，布拉瑟尔会在即将推出的电子书中加入歌曲等音频文件。

感谢罗兰·布拉瑟尔的慷慨大方，我“劫掠”了他的作品，并将其中提供的大部分信息放在书末的注释之中。在他的指引

1 罗兰·布拉瑟尔（Roland Brasseur），法国数学教师，佩雷克作品研究者。

下，索引中列名的很多人物——唉，是大多数——的去世时间都被添加上了，因此，就时间参照系而言，注释以2013年为基准，就像原书以1978年为基准一样。[1]菲利普·特里和我还利用一些索引增加了语境信息，确保部分条目对英语读者来说不那么晦涩难懂。注释不打算把佩雷克的文学习作变成一部历史记录（尽管对我们来说，了解每个细节几乎是一种不可抗拒的诱惑……），而是要为这部晦涩难懂的作品做出一点儿略带闪光的提示，因为读者如果不通法语或者手头没有多卷本百科全书，很难洞悉其奥妙所在。

1 该中译本注释以2019年为基准。

在《我记得……》的仿作中，哈里·马修斯的致敬作品《果园》（*The Orchard*）最感人至深，而菲利普·索莱尔斯[2]在《解放报》开设的专栏（“我记得乔治·佩雷克烂醉如泥”，等等）最惹人厌烦。不过，佩雷克这部杰出而低调的作品也创造了一种全新的限制性写作类型——“启动文本”。“乌力波”在它的网站上以其特有的、佩雷克式的语言声明，“启动文本不受任何限制”。现在，“乌力波”授权你以回忆、幻想、预测、忏悔、叙述等形式进行写作，或者写

2 菲利普·索莱尔斯（Philippe Sollers），法国作家、评论家。

下任何一组让你着迷、开头相同的编号句子，比如“我忘记了……”，或者“我不是那种……”，或者“我很抱歉……”，或者“我懂得……”“我在哪儿读到了……”“我想知道……”，等等。准备好了吗？那我们开始！

大卫·贝洛斯

2013年8月于新泽西州普林斯顿大学

（霍大伟 译）

# 我记得……

## 共同事物一[1]

1　1978 年初，佩雷克接受了法国《世界报 · 书评周刊》的专访（2 月 10 日刊出），并借此机会详细谈论了《我记得……》。首先，这本书的副标题“共同事物”（Les choses communes，直译即“寻常事物”）是由 les choses 和 cause commune 两个词重新组合而成的。前者是他出版的首部小说、1965 年勒诺多文学奖获奖作品《物》（*Les Choses*）的书名；后者是他参与创办和编辑的文学杂志《共同事业》（*Cause Commune*）的刊名，这本杂志创办于 1972 年，1974 年停刊，次年又复刊，后于 1979 年停办。“共同事物”一词的意大利语发音（写作 cose comuni）与“共同事业”的法语发音类似，所以它也暗指《共同事业》。其次，《我记得……》原计划写作四部，因此已出版的这本书在副标题上注明“一”，但实际上仅完成了这一部。

献给哈里·马修斯

乔·布雷纳德的《我记得》
启发了这本书的题目、形式，
甚至在一定程度上，
启发了这本书的精神。

我记得里达·开尔在圣克鲁门电影院现场演出。1

我记得我姑父有一辆雪铁龙 11CV 轿车，车牌 2
号 7070 RL2。

我记得农业者电影院，摄影机电影院的俱乐部 3
扶手椅，还有先贤祠电影院的双人座。

我记得莱斯特·杨在圣日耳曼俱乐部，他穿着 4
一套红绸内衬的蓝绸西装。

我记得龙科尼、布兰比拉和耶苏·穆吉卡；还 5
有扎夫，永远的“红灯笼”。

我记得亚特·塔特姆将一首乐曲叫作《甜美的 6
洛林》，因为第一次世界大战期间，他在洛林。

我记得啪啪球。7

我记得，在厄堡，一个独臂的英国人打乒乓球 8
赢了所有人。

我记得《普隆普隆查拉拉》。9

我记得我表兄亨利的一位朋友，他准备考试的时候，穿着睡袍待在房间里一整天。 10

我记得“世界公民”加里·戴维斯，他在特罗卡德罗广场上打字。 11

我记得小戴勒村的“大胡子”牌局。 12

我记得三个主教辖区：梅斯、图勒和凡尔登。 13

我记得战后一段时间里的黄面包。 14

我记得最初的弹子机叫“脚蹼机”，不过它们都没有脚蹼。 15

我记得《读图》杂志的早年刊物。 16

我记得黑胶唱机的铁针，还有竹针，每次播完一张唱片，我们会用磨光机来磨尖它们。 17

我记得在《大富翁》里面，布勒特伊大街是绿色的，亨利·马丁大街是红色的，莫扎特大街是橙色的。 18

我记得： 19

不知道什么缘故

我总是这么悲伤

还有：

我独自漫游，如一朵孤云

蓦然间举首，我看到一群

一……（？）金黄的水仙

我记得朱诺曾是阿布朗泰斯公爵。 20

我记得： 21

格雷瓜尔与阿梅代

在

《格雷瓜尔与阿梅代》

为您呈现

格雷瓜尔与阿梅代

（还有福哈斯，当然了）。

我记得有一天我的表兄亨利去参观了一家香烟厂，他带回来了一支有五根普通香烟那么长的香烟。 22

我记得，在战后，我们几乎找不到维也纳巧克力，也没有列日巧克力，而且在很长一段时间里，我都混淆了它们。 23

我记得我听的第一张密纹唱片是契玛罗萨的 24
《双簧管协奏曲》。

我记得一个科西嘉的学监，名叫弗拉克，念起 25
来就跟 Flak（德国的高射炮）一样。

我记得“好生活”香烟和“眼镜蛇”香烟。 26

我记得我在王子公园体育场拿到了路易松·博 27
贝的亲笔签名。

我记得，在好几年间，我所知道的最污脏的说 28
法是“泡泥汤”。我是在一本躲起来偷偷读的俚语词典中看到的。我没听过任何人用过这说法，现在也不那么肯定它是什么意思（或许是“折玫瑰页”的对等说法）。

我记得《艾蒙四子》和另一个叫《巴黎的约翰》 29
的故事。

我记得皇家帕西电影院每周四下午的场次，有 30
一部电影叫《三个亡命徒》，另一部有好几集，叫《五颗银子弹》。

我记得我最初去剧院时的一次，我表姐弄错了演出场所——她混淆了奥德翁剧院和黎塞留剧场——我本该看一场古典悲剧，却看了阿尔芒·萨拉克鲁的《阿拉斯的陌生女人》。 31

我记得蒙巴顿勋爵的真实姓氏是巴滕贝格。 32

我记得降落伞绸的围巾。 33

我记得墨西拿大街的电影资料馆。 34

我记得塞尔当和多蒂耶的比赛。 35

我记得阿尔及尔城在佩斯卡德岬角和马提富海角之间展开。 36

我记得在战争结束之时，我的表兄亨利和我用小旗子标记盟军的进军路线，旗子上写着军或军团指挥官的名字。我几乎忘光了所有这些将领的名字（布拉德莱、巴顿、朱可夫等等），不过我还记得拉尔米纳将军的名字。 37

我记得米歇尔·勒格朗是以“大只迈克”的名号起步的。 38

我记得有一名 400 米赛跑选手被意外发现在体育馆的更衣室中盗窃（为了躲避牢狱，他被迫到印度支那服役）。 39

我记得日本投降的那天。 40

我记得厄尔·博斯迪克的一首曲子《弗拉明戈》。 41

我记得我猜测过美国演员威廉·本迪克斯是不是洗衣机的儿子。 42

我记得阿尔比诺尼的《柔板》。 43

我记得让·勒克的节目《蒙马特的阁楼》。 44

我记得，有一次对付拉丁语翻译，当我在《加菲奥词典》中找到了一句话的完整翻译时，我是多么高兴。 45

我记得黑色衬衫流行的那段时间。 46

我记得矿石收音机。 47

我记得我搜集过火柴盒和烟盒。 48

我记得，多亏了艾迪特·皮雅芙，歌唱伙伴组 49
合、埃迪·康斯坦丁和伊夫·蒙唐初露头角。

我记得萨沙·迪斯特尔是爵士乐吉他手的那段 50
时间。

我记得有车尾平台的公共汽车：如果我们想在 51
下一站下车，那就要按下一个电铃，不能太接近上一站，也不能太接近要下车的站。

我记得罗莎莉修女大街一头的一幢（十层）建 52
筑刚刚完工时，它是巴黎最高的，被认为是一座摩天大楼。

我记得我因为女演员玛姬·麦克纳马拉只出演 53
了《俏女怀春》而非常伤心，后来我知道了她是国防部长的女儿。

我记得，伏尔泰的名字 Voltaire 是 Arouet L(e) 54
J(eune) 这一名字以 V 代替 U，以 I 代替 J 后，再经过字母换位而成的。

我记得拉乌尔·莱维因为想要拍一部叫《马 55
可·波罗》的巨制大片而破产。

我记得是萨沙·吉特里想出来的广告语“美味就是埃勒斯卡”。 56

我记得克里斯蒂安-雅克和勒妮·富尔离婚是为了娶玛蒂妮·卡洛。 57

我记得赛车手索麦尔有个外号叫“阿登高地的野猪”。 58

我记得 GARAP。 59

我记得 G-7 出租车带有玻璃隔断和折叠式座位。 60

我记得商博良街上的梦游人电影院和拉丁区电影院以前都是剧院。 61

我记得条形编织结。 62

我记得“多波多波多波，洗发水就用多波”。 63

我记得在寄宿学校时，生病去医务室是很愉快的事。 64

05 我记得《刺猬》周刊（“刺猬笑，你也笑”）创刊发行时，举办了一场盛大的仪式，当中尤其是有好几场拳击比赛。

06 我记得，在一出轻歌剧中，有雅克兄弟组合、伊莲娜·伊尔达、雅克·皮尔斯、阿尔芒·梅斯特拉尔和玛丽斯·马丁。（数年之后，又有了另一出叫作《美人阿拉贝勒》的轻歌剧，同样有雅克兄弟；或许是在这一出，而不是前一出，出现了阿尔芒·梅斯特拉尔。）

07 我记得，我的英语变好，至少是不那么差劲，就是从整个班只有我一个人知道 earthenware 是“陶器”的那天开始的。

08 我记得想买一辆新汽车要等好几个月甚至一年的那段时间。

09 我记得，在维拉尔－德朗，我发现了一件很好笑的事情，一个名叫“诺曼底人”的逃难者住在一个名叫“布列塔尼人”的农民家中。几年之后，在巴黎，当我知道一家叫“拉马丁”的餐厅是因为其“夏多布里昂”牛排而出名，我同样笑得不可开交。

我记得儿童报刊上的一些专栏：《对还是错？》 70
《你们知道吗？》《惊人的事实》。

我记得让·布勒托尼埃，当他唱起《你是我的 71
小疯狂》。

我记得高蒙电影宫的现场演出，也记得高蒙电 72
影宫。

我记得当时为圣日耳曼药妆店打地基是有多困难。 73

我记得巴尔贝斯商场的木头人。 74

我记得《圣格拉涅尔时刻》。 75

我记得王子公园体育场中巨型摩托车在前领骑 76
的自行车赛。

我记得朗格勒有三个出名的原因：它的最低温 77
记录，它的刀剪业，狄德罗。

我记得“闭上双眼，我在春天百货买个够”，还 78
有“睁开双眼，我就来卢浮宫买了”。

我记得“瘟疫李奇微”。79

我记得雷·文图拉的大乐队。80

我记得在维拉尔－德朗的滑雪道中，有一条叫 81
“铃铛”，另一条叫“浴室”，最难的那条道叫
“标高2000米”。

我记得《爸爸、妈妈、女佣和我》。82

我记得最让我浮想联翩的书之一是由安德 83
烈·德·富基埃男爵介绍礼仪之道的专论。

我记得米歇尔·布托生于蒙桑巴勒尔。84

我记得克拉夫申科事件。85

我记得阿兰·德龙曾在蒙鲁日的肉食店当店员 86
（或者是屠夫伙计？）。

我记得埃林顿公爵的《大篷车》，一张稀罕的唱 87
片，在好几年里我只知道它的存在而从来没有
听过。

我记得“一个雇佣兵只靠小偷小摸过活”。 88

我记得让·格雷米翁和热拉尔·菲利普死于同 89
一天。

我记得卡普拉德咖啡馆和马耶咖啡馆。 90

我记得有一本杂志叫《无所不知》，它的标志是 91
一个身体是地球的男人（不应该是地球当作脸
庞吗？）。

我记得四合蛋糕的名字来源，因为它是四分之 92
一牛奶、四分之一糖、四分之一面粉和四分之
一黄油做成的。

我记得本地治里、加里加尔、亚南和马埃。 93

我记得考试不及格的时候。 94

我记得，在电影《吉人天相》中，丹尼·凯被 95
当作一个叫格罗梅克的间谍。

我记得： 96

我有母狮的渴欲：

想要知道水为何用。

我喊出：“雷！吞下。”

我记得库台·迪福雷斯托先生曾是法国驻联合 97
国代表，大家拿他的名字开玩笑，我没明白
（另外，那玩笑根本站不住脚）。

我记得雪莉·麦克莱恩在希区柯克的《怪尸案》 98
中初登银幕。

我记得莫扎特大道的一家奢侈食品店，在十二 99
月，他们卖极其昂贵的水果篮，篮中尤其有名的是“圣诞葡萄”，稀罕，浑圆，非常大，半透明，而且无味。

我记得海军上将达尚礼曾是僧侣。 100

我记得网球“火枪手”：佩特拉、博罗特拉、科 101
歇和德特勒莫。

我记得沙维尔·库加。 102

我记得“这是全景电影”。103

我记得“科瓦奇事件”，又叫“巴祖卡事件”。104

我记得“卡多姆宝宝”。105

我记得，在战后，九月份的巴黎有好多胡蜂，106
似乎比今天要多得多。

我记得《小茅屋》在好几年内连续上演，这绝 107
对是一项纪录。

我记得《仙人掌花》也一样，上演了好久，索 108
菲·德马雷因此得以在舒瓦瑟尔拱廊街买下一
家古董店，取名“仙人掌芭莎”。

我记得连帽式粗呢厚外套。109

我记得保罗·拉马迪埃和他的山羊胡。110

我记得还有单一票价的蓝色小公共汽车的时候。111

我记得科莱特是比利时皇家学院的院士。112

我记得有一种开胃酒叫作“博纳尔”。113

我记得《普罗斯珀，呦噗啦嘭》。114

我记得火车上的三等座。115

我记得在《我们生活愉快》中有两条狗，一条 116
叫“快躲开”，另一条叫“你也是”。

我记得让·伽本，在战前，因为合同，他得在 117
每一部电影结尾死去。

我记得伊夫·克莱因的展览，在圣母升天节街 118
的阿兰迪画廊。

我记得勒内·科蒂用了好几天才在凡尔赛当选 119
共和国总统。

我记得罗贝托·本兹的两部电影。120

我记得“阿斯特拉”：“……一个让您付出沉重 121
代价的偏见……”

我记得阿涅丝·瓦尔达曾是国家人民剧院的摄影师。122

我记得小提琴手吉内特·内沃和马塞尔·塞尔当在同一架飞机上遇难。123

我记得远洋轮船“安德烈亚·多利亚号”。124

我记得赫鲁晓夫用鞋子敲联合国的讲台。125

我记得《快报》改作日报的时候。126

我记得瓦尔科维亚克。127

我记得让娜·莫罗曾在国家人民剧院演出。128

我记得在米开朗琪罗－欧特伊地铁站现在是一家不二价商店（或许是一家单一价商店）的地方，以前是一家电影院。129

我记得普瓦罗－德尔佩什曾是《世界报》的法律专栏作者。130

我记得“康提基号”的航行。131

我记得当我知道夏乐宫和特罗卡德罗广场没有任何关系时，我有多震惊。 132

我记得我的第一辆自行车是实心轮胎的。 133

我记得雅克兄弟组合中有两位成员是真的兄弟，姓贝雷克，和我以前班上的一位同学一样。 134

我记得亨利·萨尔瓦多以亨利·科尔丁的名字录制了一些算是法国最早的摇滚唱片。 135

我记得，以前我们在 9 月 1 日度假归来，还有整整一个月是不用上学的。 136

我记得小珀若绑架案。 137

我记得让·博贝——路易松的弟弟——有英文学士学位。 138

我记得音乐会主持人夏尔·巴松皮埃尔。 139

我记得： 140

> 我们是海军小伙儿，
>
> 从小个子到高个头，

从小水手到老船长，
到过智利还有中国，
人们张开双手欢迎他们，
这些海上的老狼！

我记得以前在拉内拉格街——横穿环城铁路， 141
通往布洛涅森林——的天桥底下，曾有一座小小的建筑，是一个鞋匠的小摊位，而且在战后，那座建筑被盖上了卐字符，估计那个鞋匠曾是纳粹的合作分子。

我记得阿兰·罗伯-格里耶曾是农艺师。 142

我记得最初的可口可乐——应该是战时美国士 143
兵们喝的那些——含有苯丙胺（我因为知道那是“兴奋剂”的学名而非常自豪）。

我记得我不喜欢腌酸菜。 144

我记得我一度喜欢埃丝特·威廉斯和雷德·斯 145
克尔顿的《出水芙蓉》，不过到再次观看时，我极度失望。

我记得别人给我裆里抹鞋油时——我那时还是 146
寄宿生——我的惶恐。

我记得纽约大街以前叫作东京大街。147

我记得菲德尔·卡斯特罗曾是律师。148

我记得夏尔·里古洛。149

我记得当我知道我的名字是“农民”的意思时，150
我非常惊讶。

我记得，正是因为种子商店，弗朗索瓦·特吕弗 151
在当兵的时候给路易丝·德·维尔莫兰写了信，
后来这些信被发表在《艺术》周刊上。

我记得沃伦·比蒂是雪莉·麦克莱恩的弟弟。152

我记得，在初中最后一年，我用了超过半个月 153
的时间来做一张古罗马的大幅地图。

我记得帕德雷夫斯基被选举为波兰共和国总统。154

我记得我第一次参加的示威游行，起因是贝当派分子让·吉顿在索邦任职——或回归。 155

我记得亨利·库布尼克的广播节目。 156

我记得达里·考尔本名安德烈·达里戈。 157

而这让我记起自行车赛车手安德烈·达里加德。 158

我记得莫里斯·拉威尔因《波莱罗舞曲》的广受欢迎而倍感骄傲。 159

我记得自行车赛车手都有一条备用的内胎，对折绕在肩膀上。 160

我记得克劳迪娅·卡汀娜是在突尼斯城出生的（或者至少是在突尼斯）。 161

我记得，我为自己相对早地懂得和使用如“求援”“通讯员”“节杖”“拂晓”这一类词语和表达感到自豪。 162

我记得，在地铁车厢中，每一站的站名下方用纸板固定的线路图标明了每一个出口的街道和街道的编号（如何说得更简单些？）。 163

我记得卡雷特的死是因为他穿了一件尼龙衬衫，而且在抽烟的中途睡着了。 164

我记得，玛蒂妮·卡洛死后，有人盗掘她的坟墓，据推测，是为了找珠宝。 165

我记得迪努·利帕蒂很晚——将近二十岁——才学弹钢琴。 166

我记得五黑宝合唱团曾牵涉一桩毒品案，还有传闻说达丽达是阿尔及利亚民族解放阵线分子。 167

我记得“冬赛馆”的六日赛。 168

我记得诺曼·格兰兹的那些音乐会——“交响乐中的爵士乐”。 169

我记得二傻子剧院和三蠢驴俱乐部。 170

我记得奎瓦斯侯爵的芭蕾舞团。 171

我记得斯波克医生曾是美国总统候选人。 172

我记得雅克琳娜·奥里奥尔——“世界上最快的女人”。 173

我记得“五月风暴”。 174

我记得比夫拉。 175

我记得印巴战争。 176

我记得尤里·加加林。 177

我记得让·科克托演映厅以前的名字是“凯尔特人”。 178

我记得，在纪德去世的第二天，莫里亚克收到一封电报：“没地狱。放松。停。纪德。” 179

我记得伯特·兰卡斯特曾是杂技演员。 180

我记得约翰尼·哈里戴在博比诺杂耍歌舞剧场出场，作为特邀嘉宾支持雷蒙·德沃（我甚至应该说过类似这样的话：“如果这个家伙也能红，我宁愿上吊……”）。 181

我记得玛丽娜·维拉迪在卡耶特的一部电影《我们之后洪水滔天》中初露头角。 182

我记得别人总是将我和一个叫贝雷克的学生弄混。 183

我记得我有过一把手电筒，它的手柄让它看起来像一支左轮手枪。 184

我记得地铁票上的孔。 185

我记得博尼诺的单人秀。 186

我记得小号手克利福德·布朗20岁死于一场车祸。 187

我记得“白牙小姐”热纳维耶芙·克吕尼。 188

我记得，S.F.I.O. 的意思是“社会党国际法国支部”。 189

我记得西姆·科庞的爵士乐节目。190

我记得当我知道 cow-boy 意思是“牛倌儿”时 191
的惊讶。

我记得自行车赛车手路易·卡皮。192

我记得罗伯斯庇尔的下颌是被宪兵梅尔达打碎 193
的，梅尔达后来成了上校。

我记得：194

够了，鲸说，我有修长背脊，我藏身水中。

还有：

拉辛喝莫里哀泉中的水。

我记得广播里的才艺选秀节目。195

我记得玛丽娜·维拉迪是欧蒂勒·维尔索瓦的 196
妹妹（而且她们都是画家波利亚科夫的女儿）。

我记得有牧羊犬任丁丁出演的电影，以及有秀 197
兰·邓波儿的电影，以及有米诺·德鲁埃的诗
歌的电影。

我记得联盟式橄榄球冠军皮格－奥贝尔，外号 198
“小烟枪”。

我记得“玫瑰芭蕾”丑闻，议会议长安德 199
烈·勒特罗凯牵连其中。

我记得拉布舍里咖啡馆在扩张之前有一张 200
让·吕尔萨的挂毯，上面有这样的诗句：黑夜
藏起白日 / 在它混黑的后头。

我记得现在的河马餐厅（在左岸，离莫贝尔市 201
场不远）以前是有名的加兰餐厅。

我记得丝质针织领带的潮流。 202

我记得夏尔·米歇尔斯地铁站（夏尔·米歇尔 203
斯也是广场的名字，我想）以前叫作“美丽格
勒内勒”。

我记得《你去哪里巴希勒，骑着你高坡上的小 204
白马》，还有《小马车》，还有《我不曾杀人，
我不曾偷盗，罪过是我没相信我妈妈》。

我记得沙邦－戴尔马的报税单。 205

我记得皮埃尔·博努瓦笔下所有女主人公的名字都以 A 开头（我一直不明白这有什么了不起的）。206

我记得索菲、皮埃尔和夏尔骑车比赛，索菲赢了，因为夏尔拖拖拉拉，皮埃尔刹着车，而索菲往前冲。207

我记得《法国文学》。208

我记得在《丛林故事》中，黑豹是巴希拉，小男孩是莫格里，还有猴民。（可是熊和蛇叫什么呢？）209

我记得福斯托·科皮有一位女朋友，人称“白衣夫人”。210

我记得有一种奶酪起名“肃芝牛”（“乐芝牛”起诉了它并且最终胜诉）。211

我记得一位艺名叫坎廷弗拉斯的墨西哥喜剧演员（他应该是在《八十天环游地球》中扮演了“路路通”）。212

我记得游泳运动员亚历克斯·雅尼。213

我记得雅克·杜克洛的鸽子。 214

我记得让－保罗·萨特参与了约翰·休斯顿的 215
电影《弗洛伊德》剧本的写作。

我记得我尤其用心地学习了纹章学中的颜 216
色名称：sinople 代表绿色，sable 代表黑色，gueules 代表红色，等等。

我记得阿尔及尔军事政变中的“一小撮”将军： 217
萨朗、儒奥、沙勒和泽勒。

我记得： 218

> 儒勒是大力士，瑟拉芬是音乐家，我的妈梦游，
> 我嘛撒手啥不干！

还有：

> 九颗溏心蛋
> 八只马雷蚝
> 七米深的井
> 六条犬儿笑
> 五位殉道者
> 四个女沙皇
> 三瓶香槟酒
> 两本启示录，一旧一新

马蒂厄的头顶一根发

圣约翰的嘴里一枚牙

我记得卡特肝脏小药片。 219

我记得有人说过，贝尔纳·比费很穷又是个 220
“画疯”，他甚至只能在自己的床单上作画！

我记得塞内普在《费加罗报》上和米特尔贝格 221
（后来开始署名为提姆）在《人道报》上的讽刺漫画。

我记得安德烈·纪德曾担任诺曼底一个小镇的 222
镇长，他还自夸是一位果树栽培专家。

我记得由大卫·斯通·马丁绘制的一些唱片封 223
面，多数是爵士乐的。

我记得第一部宽银幕电影叫《圣袍千秋》（而且 224
还很烂）。

我记得鲍里斯·维昂是在走出一场电影放映式 225
时死的，电影改编自他的书《我唾弃你们的坟墓》。

我记得皮尔斯与塔贝组合。226

我记得自行车赛车手费迪南德·屈布勒（费尔迪）像滑雪冠军们那样将他的太阳镜（云母的，有橡胶带固定）挂在肘弯上，而其他的赛车手都会将眼镜戴在头上或者骑行帽的帽舌上。227

我记得达里奥·莫雷诺。228

我记得罗歇·瓦扬写了一出名为《福斯特上校有罪》的话剧，被内政部禁了。229

我记得在战争末期，发生了“珀蒂奥事件”，类似于“朗德吕事件”。230

我记得阿里斯和瑟杜伊的节目《一千六百万年轻人》。231

我记得俄国小丑波波夫和瑞士小丑格洛克。232

我记得几个足球运动员：本·巴雷克、马尔什和容凯，还有再晚一些的朱斯特·方丹。233

我记得50年代中期有一段时间，流行在领带的位置上系极度纤细的薄纱束带。234

我记得萨克斯手巴内·威伦。235

我记得霍勒斯（Horace）的回文“埃卡洛”（Ecaroh）是霍勒斯·西尔弗一首曲子的名称。236

我记得香榭丽舍药妆店的那场火灾。237

我记得萨布。238

我记得马尔科姆·X。239

我记得第一条装配上橡胶车轮的地铁线是沙特莱—丁香镇线。240

我记得邦巴尔医生。241

我记得，在战时，英国人有“喷火”战斗机，而德国人有“斯图卡”攻击机（以及“梅塞施米特”）。242

我记得121人。243

我记得司汤达喜欢菠菜。244

我记得莱皮纳大赛。245

我记得雪铁龙曾用埃菲尔铁塔做过一次巨型的 246
灯光广告。

我记得戴高乐有一个弟弟叫皮埃尔，掌管巴黎 247
博览会。

我记得“菲纳利事件”。248

我记得年轻演员罗贝尔·利南，他出演过《红 249
发》和《舞会手册》(一个很小的角色)，他在战争一开始就死了。

我记得小克拉马尔袭击事件。250

我记得歌剧院大街上的环球影城电影院，它尤 251
其专注于举办动画电影节。

我记得莱斯特·杨绰号是“总统”，保罗·基尼 252
谢特是“副总统”。

我记得SHAPE代表“欧洲盟军最高司令部”。253

我记得布瓦尔和拉蒂内的对数表。254

我记得莎朗·塔特的谋杀案。255

我记得，在电影界，受麦卡锡主义迫害的人主要是导演西里尔·恩菲尔德、约翰·贝里、朱尔斯·达辛和约瑟夫·洛西，还有编剧达尔顿·特朗勃。所有人都逃走了，除了达尔顿·特朗勃，他在好几年间，都被迫用假名来工作。256

我记得奥迪·墨菲是第二次世界大战中获得勋章最多的美国士兵，他在一部讲述自身经历的（平庸）电影中扮演自己，后来成了一名演员。257

我记得在讲述格伦·米勒生平的电影中，詹姆斯·史都华扮演了这位爵士乐音乐人，其最知名的音乐作品是《月光小夜曲》。258

我记得戴高乐掌权后最初的决策之一就是取消军事制服的外腰带。259

260 我记得夏乐宫山墙上刻的四句话是保罗·瓦莱里专门写的。

261 我记得在圣日耳曼大道上的小泉餐厅，它的柜台和“厨房”部分以前是在入口的右手边，而不是像今天那样在后墙的左边。

262 我记得朱利安·格拉克是克洛德·贝尔纳中学的历史教师。

263 我记得“罗斯科总统”。

264 我记得一种叫“拉斯帕”的舞蹈。

265 我记得李·哈维·奥斯瓦尔德。

266 我记得网球－胡须游戏：数街道上走过的蓄须的人——第一个得 15 分，第二个得 30 分，第三个得 40 分，第四个是“局点”。

267 我记得歌曲：

> 拉玛佳，我的女人
> 拉玛佳，我的傻货
> 泡你的屁股到汤碗里
> 告诉我还热不热

我记得在审判艾希曼的过程中，他被关进一个 268
玻璃隔间。

我记得拳击手雷·法梅雄，还有斯托克和沙朗，还有许多位摔角手（“白天使”“贝蒂讷刽子手”“小王子”“阿道夫·凯撒博士”等等）。 269

我记得“马尔科维奇事件”。 270

我记得固定在引擎盖前方（水箱的塞子旁边）的云母板或者赛璐珞板，防止蚊子或者蚜虫撞到挡风玻璃上。 271

我记得巴黎芭蕾舞团的三位舞蹈明星是罗兰·佩蒂、让·盖利和让·巴比雷。 272

我记得圣克雷潘和圣克雷皮尼安是鞋匠的主保圣人。 273

我记得钢琴家莫妮克·德·拉·布吕绍勒里在沙特尔大教堂（1953 年?）的非常美妙的独奏音乐会。 274

我记得有一则逸事将蛋黄酱的发明追溯到了马翁港（在拿破仑三世时期）。 275

我记得让·饶勒斯是在蒙马特街的新月咖啡馆 276
被刺杀的。

我记得“黑流”（第一次是“托里峡谷号”油 277
轮）和“红泥”。

我记得“机器人”这个词是一个捷克语的词， 278
应该是由卡雷尔·恰佩克发明的。

我记得吕克·布拉德菲尔的冒险传奇。 279

我记得伍迪·赫尔曼的爵士乐大乐队。 280

我记得法国步兵部队中的下士和中士，在炮兵 281
部队、坦克部队、后勤部队中被称为“准将”和“元帅”。

我记得莫里斯·舍瓦利埃有一所住宅在马尔讷 282
拉科凯特。

我记得阿尔及利亚战争末期的塑性炸药，圣日 283
耳曼大道上的一位裁缝店主雅克·罗莫利曾数次遭到炸药袭击。

284 我记得乔治·库克的电影《巴黎之恋》中的三位女主角：泰娜·伊尔格（芬兰人）、米基·盖纳，还有雷克斯·哈里森的妻子凯·肯戴尔（她在电影上映后不久就去世了）。

285 我记得一个数中所有数字之和是9则该数能够被9整除（有时候我用好几个下午来验证……）。

286 我记得穿裤子不卷裤腿曾是极其罕见的。

287 我记得波菲里奥·鲁维罗萨（特鲁希略的女婿？）。

288 我记得Carand'Ache是从俄语中的单词（Karandach？）经法语化改写而来，意思是“铅笔”。

289 我记得拉孔特斯卡尔普的两家夜总会，“金马”和“绿马”。

290 我记得《亲爱的我喜欢你，亲爱的我爱你》（另一个同样知名的名字是《穆斯塔法》），由鲍勃·阿扎姆和他的乐队演绎。

291 我记得我看过的第一部由杰瑞·刘易斯和迪恩·马丁主演的电影叫《水手小心》。

292 我记得在初中最后一年，我用好几个小时尝试为三座房子提供水、燃气和电，并且保证它们的管道互不相交（如果始终停留在二维空间上，这个问题是无法解决的；这是拓扑学中的一个简单例子，就如哥尼斯堡七桥问题或者地图四色问题）。

293 我记得：

> 我们应该说“六加四等于四十”还是“六加四等于十四”？

还有：

> 亨利四世的白马是什么颜色的？

294 我记得《局外人》的主人公叫安托万（？）·默尔索——大家通常都记不得他的名字。

295 我记得游乐集市上的棉花糖。

296 我记得有一款口红叫“亲亲”，“可以亲亲的口红”。

297 我记得土弹球，只要力气大一些就会碎成两半，还有玛瑙弹球，以及大颗玻璃弹球，有时候里面会有一些气泡。

我记得“前驱帮”。298

我记得“猪湾事件”。299

我记得活宝三人组，还有巴德·阿伯特和卢·科斯特罗，还有鲍勃·霍普、多萝西·拉莫尔和宾·克罗斯比，还有雷德·斯克尔顿。300

我记得悉尼·贝谢写过一出歌剧（还是一出芭蕾舞剧？）——《黑夜是个女巫》。301

我记得爱马仕的包，它们有一个小小的挂锁。302

我记得我对于“无以为继”这个表达一度理解困难。303

我记得《读者文摘》上的扩充词汇游戏。304

我记得“伯马”珠宝（不是也有“缪拉”珠宝吗？）。305

我记得：306

星期一上午

国王、王后和王子

都来到我家

要和我交往

因为我太忙

王子说

既然这样

星期二我们再来

诸如此类。

我记得: 307

——为什么北方的女孩都早熟?

——因为小调协奏曲。

我还记得那个考题:“‘尼布甲尼撒’,把这个用两个字写出来!”答案是:“这,个。” 308

我记得“我裤裆里的小铃铛”。 309

我记得: 310

——埃菲尔铁塔、你的衬衫和我的家人,有什么不一样?

——……?

——埃菲尔铁塔上尖下壮,你的衬衫领子肮脏!

——……？那你的家人呢？

——他们很好，谢谢。

我记得伊万·拉比比·乌苏佐夫，山本瓜下朴，311
还有哈里·科弗。

我记得让－保罗·萨特为《法兰西晚报》写过 312
一系列关于古巴的文章——《掠过蔗糖的飓风》。

我记得布尔维尔。313
我记得布尔维尔的一个搞笑短剧，他在独白中的每段话结尾都反复说：“不要酒精，要铁质矿泉水！”
我记得《没那么蠢》和《乌松夫人的玫瑰》。

我记得那些“瓦古瓦”木偶。314

我记得有一艘巡洋舰叫“乔治·莱格号”。315

我记得我曾经为自己懂得许多从 caput（拉丁 316
语“头，顶部”）派生来的词而自豪：capitaine（船长），capot（汽车引擎盖），chef（首脑），cheptel［（一定范围内）牲畜存栏总数］，caboche（脑袋），capitale（首都），Capitole（朱庇特神殿），chapitre [（书籍、条约、法典等的）章]，caporal [（法国陆军和空军）下士]，等等。

我记得电影《威莉·温基》，秀兰·邓波儿主演。317

我记得罗歇·尼古拉老是说：“听着！听着！”318

我记得焦糖棒。319

我记得“古斯丹大夫的氢氧化锂片剂”。320

我记得在埃唐普的五月，人们开始去游泳池。321

我记得我曾经有一个目标，集齐“亨氏57种”。322

我记得克洛斯特曼，还有穆绍特少校，这位少 323
校的名字，后来成了我的朋友们在蒙帕纳斯火车站后面的穆绍特少校街发现的一只猫的名字。

我记得弗里松－罗什的小说《打头阵》。324

我记得纽约的那场大范围电路故障让城市陷入 325
数个小时的黑暗。

我记得在《禁忌的游戏》中的布丽吉特·福塞 326
和乔治·普茹利。

我记得泰奥·萨拉波。 327

我记得一本叫《新老实人》的周刊。 328

我记得《禁闭》中提到了巴伯迪耶纳的青铜像。 329

我记得我好几次尝试使用计算尺，也好几次翻 330
开现代数学课本，对自己说，如果我一点一点按顺序看完所有课文，做好练习之类的，那就没有理由放弃。

我记得朱西厄街的吕泰斯剧院。 331

我记得皮加勒地区的蝉剧院，阿尔·里尔瓦和 332
他的乐队在那里演出超过 30 年。

我记得巴德尔派。 333

我记得“新浪潮”。 334

我记得是在一部叫《水的故事》的“新浪潮” 335
短片中，让－克洛德·布里亚利说了这样一句惊世的话：“我越是骑得慢，我越是走得不快。”

我也记得《快报》的副标题是“新浪潮的周刊”， 336
《鸭鸣报》却发现大家更期待一份喉舌报刊，而不是它自吹自擂的准确报道。

我记得约瑟夫·拉涅尔。 337

我记得“跟着牛走”。 338

我记得由让－皮埃尔·莫尔费和那谁（？）一起 339
主持的广播节目（《皆大欢喜》）。

我记得让·诺安，艺名雅布纳，还有他的节目 340
《四千万法国人》（以及《一日王后》？）。

我记得让·康斯坦丁，当他唱起《我的拖鞋哪 341
儿去了？》。

我记得“大胡子”。 342

我记得一位爵士乐音乐人，叫莫格里·若斯潘。 343

344 我记得德鲁奥高尔夫俱乐部（我从来没有去过）。

345 我记得《福哈斯签名》和其他几个“滑稽”节目是由皮埃尔－阿诺·德·沙西思－普莱录制的。

346 我记得“旺德电池，不用不耗电”。

347 我记得《卡里奥卡》《大飞象》《小鹿斑比》和《三骑士》（当然还有《幻想曲》）。

348 我记得《鹿苑长春》这本书，还有另一本讲述养鹿人生活的书（还有，有一种动物，某种鹿，我总是将它的名字 orignal 说成 original），还有《我的朋友弗利卡》，以及梅佐·德·拉·罗奇。

349 我记得《在长椅上》，里边有雷蒙·苏普莱和雅内·苏尔扎。

350 我记得“足迹丛书”的好几本书（《阿亚克斯帮》《埃里克小王子》《红宝石手链》等等）。

351 我记得玛丽·贝斯纳尔，“卢丹城的好女人”。

352 我记得“穿 C. C. C. 雨衣，雨下不湿身”（在学校，我们都说“湿身不下雨”）。

我记得东方三王分别是加斯帕、梅尔基奥尔和 353
巴尔撒泽。

我记得三只小猪中的一只叫作纳夫-纳夫，其 354
他的呢？

我只记得七个小矮人当中的几个：爱生气，糊 355
涂蛋，万事通。

我记得期刊《雷达》。 356

我记得“钻石光芒”牙膏，还有它的唱歌斗牛 357
士形象广告。

我记得荣军院—旺弗门地铁线曾是巴黎最短的 358
地铁线，现在它是最长地铁线的一段。

我记得我姑父有一个磨剃刀的器具。 359

我记得克洛德·贝尔纳中学的一位学监，他有 360
一条黄色的围巾，那次我才知道黄色是“戴绿帽”的颜色。

我记得我得知克歇尔是一个男人还有 BWV 是什 361
么意思的时候。

我记得一些关于极点的说法：362

——恐惧的极点是什么？

——是在一个前进的摆锤前后退。

——一个理发师的极点是什么？

——是给小丑烫卷发和给墙壁刮脸。

我记得路易·达坎的电影《逃课》，有贝尔 363
纳·布利耶，他从弗雷内教学法中汲取灵感。

我记得我曾在一家图书俱乐部订阅图书，在他 364
家买的第一本书是桑德拉尔的《艰难航行》。

我记得画在屋子墙面上的广告。365

我记得苏瓦松的圣器。366

我记得微型车伊塞塔，当然还有小摩托的潮流。367

我记得《一个快乐的夏天》。368

我记得卡里尔·切斯曼。369

我记得皮埃尔神父。370

我记得兔黏液瘤病。371

我记得《失去的大陆》。372

我记得扎匹·马克斯。373

我记得扎托佩克。374

我记得劫持范吉奥的事件（被卡斯特罗的人？）。375

我记得《马古先生》。376

我记得汽车还能鸣喇叭的时候，那些喇叭声就 377
是 rheuhrheuh。

我记得戈瓦切尔姐妹。378

我记得圣安德烈艺术街的变色龙夜总会，那里 379
有一位鼓手阿尔·莱维特。

我记得保大帝，还有更后来的，儒夫人。380

我记得英国自行车赛车手哈里斯曾是场地赛的 381
世界纪录保持者（百米？时速？）。

我记得毕加索的白鸽，以及他画的斯大林肖像。382

我记得让·保罗·大卫。383

我记得“父母喝酒，小孩碰杯”。384

我记得斯贝尔曼枢机主教。385

我记得汤森上校。386

我记得奥里诺科河—亚马孙河探险；还有安纳 387
布尔纳峰，首个八千米高度；还有夏尔巴人丹增。

我记得《平静的老爹》，有诺埃尔－诺埃尔。388

我记得克里斯蒂娜·基勒以及“普罗富莫事件”。389

我记得“巨人阿特拉斯”（还有侏儒皮埃拉尔？）。390

我记得卢蒙巴。391

我记得在圣米歇尔大道的一头，曾有一家商店，392
应该是叫“尚特克莱尔”，在那里用大概 20（旧）法郎就能听一张唱片（78 转）。

我记得自己曾摔断过手臂，还让全班的同学都在石膏上签名。 393

我记得套袋赛跑。 394

我记得“只溶在口，不溶在手”。 395

我记得《季节手册》《84》《当代人》《法兰西信使》《圆桌》《七星手册》等等，等等，等等。 396

我记得杂耍歌舞剧场“帕克拉”，还有“欧洲人”。 397

我记得维达·沙逊。 398

我记得“普罗沃”。 399

我记得我等着下课打铃的时候。 400

我记得克洛德·朗兹曼发表在《摩登时代》上的文章，题目是《从熏咸鲱到鱼子酱，或弗朗索瓦丝·吉鲁的热情》。 401

我记得装甘草饮的盒子。 402

我记得路易·马勒的职业生涯是从和库斯托船长合拍《静静的世界》开始的。403

我记得克洛德·吕特在洛里昂泰俱乐部。404

我记得红玫瑰夜总会和四季喷泉夜总会。405

我记得保罗-埃米尔·维克托，以及哈罗恩·塔捷耶夫。406

我记得：407

——女佣哪去了，波利娜？

——在车站，她尿尿和拉屁屁！

还有：

恺撒喜欢奶油朗姆酒蛋糕。

我记得列日—巴斯托涅—列日单日赛，还有波尔多—巴黎单日赛，还有巴黎—布雷斯特—巴黎耐力赛，还有巴黎—卡芒贝尔单日赛，还有米兰—圣雷莫单日赛，还有环多菲内分段赛，等等，等等，等等。408

我记得业士证书考试后的单列纵队。409

我记得过去的蒙帕纳斯火车站。410

我记得1946年的公民投票。当时有两个问题，411
我姑父对我解释说，回答“否，是”与回答
“是，否”根本不是同一回事。

我记得雅克·戈代和乔治·布里凯。412

我记得星期四的广播节目《法国的年轻人都是 413
音乐家》。

我记得有一种汽油的标志是有翼的马，还有一 414
种品牌叫“天蓝”。

我记得枕头大战。415

我记得“标致”汽车型号中的数字（201，203，416
302，303，403，404，等等）都有一个确切
的含义，铁路机车型号中的数字也是如此（比
如“太平洋231”）。

我记得奥·索格洛的《小国王》，以及我在理发 417
店排队时读过的杂志。

我记得朱瓦卡特轿车。 418

我记得周六下午从学校回来的洗浴。 419

我记得我曾渴望拼接起“梅卡诺 6 号”。 420

我记得真正用铅做成的铅制玩具兵，还有泥巴 421
玩具兵。

我记得我还是小童子军的时候，可我忘了我的 422
小队的名称。

我记得皇家帕西电影院幕间休息时的荧光广告。 423

我记得： 424

> 橱窗里的小狗多少钱
> 那只漂亮的黑白小狗

我记得《十六吨》。 425

我记得《加斯东，电话电话响叮咚》。 426

我记得：“高高山上，有座老房，白白墙面，木 427
片屋顶，一棵大桦，在那门前。”

428 我记得：

高高山上
一个大屁股
乡下神父
他有大臀部
原来夹着祈祷书
为了能够睡呼呼

（主歌？）

429 我记得：同床异梦，梦寐以求，求之不得，得道多助，助人为乐，乐极生悲，悲欢离合，合二为一，一索得男，男欢女爱，爱憎分明，明目达聪，聪明绝顶，顶你个肺，等等。

430 我记得我曾非常热爱约翰·施特劳斯，以及我在沙特莱剧院观看《维也纳圆舞曲》时的幸福感。

431 我记得“雷达”是一个首字母缩合词，以及“尼龙”这个词暗中带有对日本人的侮辱（原因是人造丝：我记得是黏胶纤维）。

432 我记得有一段诗体广告词是这样结束的（第一句诗我忘了）：

……他的脸，

他额头上的皱纹犹如刀刻，
只是他的眼睛还有年华的光芒，
多亏斯蒂格马尔镜片，多亏地平线眼镜！

我记得杜拉东一家。433

我记得戴维·克罗克特式裘皮帽。434

我记得我以前用一个凹凸不平的马口铁壶去买牛奶。435

我记得《乱世忠魂》。436

我记得自己赢过一场卡纳斯塔纸牌比赛。437

我记得米嘉努·芭铎。438

我记得小埃弗拉伊姆·津巴利斯特。439

我记得：440

小爸爸今天是你的节日，
妈妈说你不在家。
我摘了一些花戴在你的脑袋瓜……

（后面的我忘了）

我记得： 441

我们不是蠢，

我们甚至有文化，

上高中，爸爸，

上高中，爸爸，

上个毛球高中。

我记得埃米尔·伊代和居伊·拉彼比。 442

我记得呼啦圈。 443

我记得悠悠球。 444

我记得《茜茜公主》和罗密·施奈德。 445

我记得《法尔毕克》。 446

我记得“我喜欢艾克”和“美国回家”，还有巴 447
里·戈德华特（$AuH_2O$）。

我记得自行车赛车手让·罗比克开的咖啡馆， 448
在曼恩大街上。

449 我记得让·亚纳在卢森堡广播电台的喜剧节目，和他那些过耳不忘的谐音笑话：“抨击丑恶，藿香正气！”“天生我材必游泳！”“姓什么？姓魏。魏什么？哪有什么为什么？”诸如此类。

450 我记得好几位田径运动员：乌维翁、蒂亚姆·帕帕·加洛、圣罗斯、雅齐、皮克马尔、布加松，还有瓦列里·布鲁梅尔（他遭遇过一起严重的摩托车事故）和捷尔·奥瓦涅相。

451 我记得罗伯特·米彻姆在查尔斯·劳顿的电影《猎人之夜》中说“孩子们……”的时候。

452 我记得三种固定滑雪板的方式：扣在鞋跟的凹陷中，用绳索紧紧绑在前脚板上，还有就是用皮带。

453 我记得：

——小豌豆是什么颜色的？

——绿色的。

——不对，豌豆是红色的。

454 我记得《傻瓜》《嘟咕嘟》，还有《巴黎女人》。

我记得弗朗克·费南代尔。455

我记得包在纸里的小爆竹，大家把它叫作“阿 456
尔及利亚炸弹”。

我记得埃米尔·阿莱，还有雅姆·库泰，还有 457
亨利·奥雷耶。

我记得格洛丽亚·拉索，还有蒂尔达·塔马尔 458
和玛丽亚·费利克斯。

我记得“拂晓案”，以及“不动产担保公司案”，459
等等，等等，等等。

我记得奎瓦斯侯爵和塞尔日·里法尔的决斗。460

我记得电影院中的新闻片。461

我记得奥德翁拱廊下的一些二手书书商。462

我记得巴尔扎克电影院、埃尔德电影院、斯卡 463
拉电影院、薇薇安电影院。

我记得那些补织长筒袜的妇人，她们的小机器 464
就放在百货商场门前的亭子中。

我记得伊玛·苏玛克（安第斯山的夜莺）。465

我记得施韦泽医生。466

我记得勒内－路易·拉福格与《红发朱莉》。467

我记得以前的公共汽车线路是用字母而不是数字来排列的（所以《风格练习》中著名的“S路”公共汽车现在是84路）。468

我记得碧姬·芭铎，当她唱起《西多妮不止一个情人》《坐上哈雷摩托车，我谁都不怕》，或者《夏日尽头》。469

我记得贝蒂·麦克唐纳的《我在奥林匹克山下的村野生活》。470

我记得那些美国车：德索托、斯蒂庞克、庞蒂亚克、奥兹莫比尔、雪佛兰、帕卡德，还有V8，因为它有“8个V型排列的气缸”。471

我记得《汤姆森少校的记事本》。472

我记得乔治·米凯什的《如何当个外国人》和《如何建成摩天楼》。473

我记得《亲爱的卡罗琳》（书和电影）。474

我记得“实用面积”。475

我记得“难民”。476

我记得南北地铁线的车厢和别的地铁车厢不完全一样。477

我记得地铁中的：478

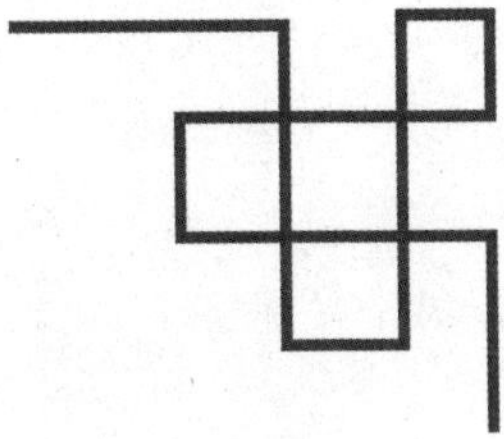

我记得“飞行企业号”上的勇敢船长。479

我记得……480

（待续……）

# 附言

这些“我记得”，有一部分曾经在《道路手册》（*Cahiers du Chemin*）上发表过（1976年1月号，总第26期），并在1973年1月到1977年6月间整理完毕。写作的原则很简单：尝试找回几乎被遗忘的、无关紧要的、平淡无奇的、寻常得见的（哪怕不是对所有人至少也是对大部分人来说）记忆。

大部分记忆是在我10～25岁之间发生的，即1946—1961年间。当我提到战前的一些记忆时，那对于我来说，就相当于出自传说范畴。这也就解释了记忆可以是“客观的”虚假：因此，在第101则“我记得”当中，我准确无误地记得那些有名的网球“火枪手”，不过，在我提到的四个名字中，只有两个是位列其中的（博罗特拉、科歇），布鲁农和拉科斯特的位置被佩特拉和德特勒莫取代了，而后面两位是在很久之后才成为冠军的。

# 索引

数字是“我记得”的编号

G

应作者要求，书末留有若干空白页，供读者写下自己的“我记得”，而阅读这些“我记得”有望激发写作灵感。

# 目录

# 作者及其作品

乔治·佩雷克，1936年3月7日生于巴黎。他的首部小说《物》获得1965年勒诺多奖，另一部小说《人生拼图版》获得1978年美第奇奖。1982年3月3日，乔治·佩雷克在巴黎离世。

## 独著

《物》(*Les Choses*)，朱利亚尔出版社(Julliard)，“新文学”(« Les Lettres nouvelles »)丛书，1965年，勒诺多奖

《院子里的哪一辆镀铬车把小自行车?》(*Quel petit vélo à guidon chromé au fond de la cour?*)，德诺埃尔出版社(Denoël)，“新文学”丛书，1966年

《沉睡的人》(*Un homme qui dort*)，德诺埃尔出版社，“新文学”丛书，1967年；伽利玛出版社(Gallimard)再版，“页码”(« Folio »)丛书，第2197号

《消失》(*La Disparition*)，德诺埃尔出版社，“新文学”丛书，1969年；伽利玛出版社再版，“想象”丛书(« L'Imaginaire »)，第215号

《重现》(*Les Revenentes*)，朱利亚尔出版社，“偏执”(« Idée fixe »)丛书，1972年

《暗店》(*La Boutique obscure*)，德诺埃尔－龚迪埃出版社(Denoël-Gonthier)，《共同事业》(*Cause commune*)丛书，1973年

《空间种种》(*Espèces d'espaces*)，伽利略出版社(Galilée)，“批评空间”(« L'Espace critique »)丛书，1974年

《W或童年回忆》(*W ou le souvenir d'enfance*)，德诺埃尔出版社，“新文学”丛书，1975年；伽利玛出版社再版，“想象”丛书，第293号

《字母表》(*Alphabets*)，伽利略出版社，“写作/形象”(« Écritures / Figures »)丛书，1976年

《我记得……(共同事物 一)》[*Je me souviens* (Les Choses communes I)]，阿歇特(Hachette)/P.O.L.出版社(Hachette /P.O.L.)，1978年

《人生拼图版》(*La Vie mode d'emploi*)，阿歇特/P.O.L.出版社，1978年，美第奇奖

《围墙及其他诗歌》(*La Clôture et autres poèmes*)，阿歇特/P.O.L.出版社，1978年

《爱好者的收藏室》(*Un cabinet d'amateur*)，巴朗出版社(Balland)；瑟伊出版社(Éd. du Seuil)再版，“20世纪出版人”(« La librairie du XXe siècle »)丛书，1994年

《交叉的词语》(*Les Mots croisés*)，马萨林那出版社（Mazarine），1979 年

《永恒》(*L'Éternité*)，奥朗日出口有限公司（Orange Export LTD），1981 年

《戏剧 一》(*Théâtre I*)，阿歇特 /P.O.L. 出版社，1981 年

《穷尽描写巴黎一地的尝试》(*Tentative d'épuisement d'un lieu parisien*)，克里斯蒂安·布尔古瓦出版社（Christian Bourgois éditeur），1982 年

《思考 / 分类》(*Penser / Classer*)，阿歇特出版社，"20 世纪文本"（« Textes du XX^e^ siècle »）丛书，1985 年

《交叉的词语 二》(*Les Mots croisés II*)，P.O.L./ 马萨林那出版社，1986 年

《"53天"》(« *53 jours* »)，P.O.L. 出版社，1989 年；伽利玛出版社再版，"页码"丛书，第 2547 号

《次普通》(*L'infra-ordinaire*)，瑟伊出版社，"20 世纪出版人"丛书，1989 年

《心愿》(*Voeux*)，瑟伊出版社，"20 世纪出版人"丛书，1989 年

《我出生了》(*Je suis né*)，瑟伊出版社，"20 世纪出版人"丛书，1990 年

《女高音歌唱家 L. 及其他科学写作》(*Cantatrix sopranica L. et autres écrits scientifiques*)，瑟伊出版社，"20 世纪出版人"丛书，1992 年

《总路线：六十年代的一场冒险》(*L. G. Une aventure des années soixante*)，瑟伊出版社，"20 世纪出版人"丛书，1992 年

《冬日之旅》(*Le Voyage d'hiver*)，瑟伊出版社，"20 世纪出版人"丛书，1993 年

《英俊出席者美丽缺席者》(*Beaux présents belles absentes*)，瑟伊出版社，"20 世纪出版人"丛书，1994 年

《埃利斯岛》(*Ellis Island*)，P.O.L. 出版社，1995 年

《怎样的男人！》(*What a man!*)，星宿海狸出版社（Le Castor Astral），"乌用"（« L'lutile »）丛书，1996 年

《佩雷克 /rinations》(*Perec / rinations*)，祖勒玛出版社（Zulma），"暴风雨的种子"（« Grain d'orage »）丛书，1997 年

《有意思的游戏》(*Jeux intéressants*)，祖勒玛出版社，"暴风雨的种子"丛书，1997 年

《访谈和讲座》(*Entretiens et conférences*)，第一卷（1965—1978），第二卷

（1979—1981），约瑟夫 · K 出版社（Joseph K），2003 年

《加薪秘诀》（*L'art et la manière d'aborder son chef de service pour lui demander une augmentation*），阿歇特文学出版社，2008 年

《佣兵队长》（*Le Condottière*），瑟伊出版社，"20 世纪出版人"丛书，2012 年

《小说与叙事》（*Romans et récits*），"袖珍本柜"（« La Pochothèque »）丛书，阿歇特出版社，2002 年

## 手稿

《〈人生拼图版〉记录手册》（*Cahier des charges de La Vie mode d'emploi*），汉斯 · 哈特耶（Hans Hartje）、贝尔纳 · 马涅（Bernard Magné）与雅克 · 尼夫（Jacques Neefs）整理，法国国家科学研究中心（CNRS），祖勒玛出版社，"手稿"（« Manuscrits »）丛书，1993 年

## 合著

《相邀领会围棋之微妙艺术的小论》（*Petit traité invitant à l'art subtil du go*），与皮埃尔 · 吕松（Pierre Lusson）、雅克 · 鲁博（Jacques Roubaud）合著，克里斯蒂安 · 布尔古瓦出版社，1969 年

《潜在文学：创作，再创作，再创作》（*La Littérature potentielle. Créations, recréations, récréations*），乌力波，伽利玛出版社，"概念"（« Idées »）丛书，1973 年

《埃利斯岛传说：流浪和希望的故事》（*Récits d'Ellis Island. Histoires d'errance et d'espoir*），与罗贝尔 · 波贝尔（Robert Bober）合著，花楸树出版社（Éd. du Sorbier），1980 年；P.O.L. 出版社再版，1994 年；录像带有售，瑟伊视觉，家用录像系统（VHS）制式，1991 年

《炫目》（*L'Œil ébloui*），与居奇 · 怀特（Cuchi White）合著，橡树（Chêne）/ 阿歇特出版社，1981 年

《潜在文学图谱》（*Atlas de littérature potentielle*），乌力波，伽利玛出版社，"概念"丛书，1981 年

《金属：七首异语法的十四行诗与保奥罗 · 伯尼的七座拼写雕塑》（*Métaux, Sept*

*sonnets hétérogrammatiques pour accompagner sept graphisculptures de Paolo Boni*)，与保奥罗·伯尼合著，巴黎，R.L.D. 出版社，1985 年

《乌力波图书馆》(*La Bibliothèque oulipienne*)，乌力波，拉姆塞出版社（Ramsay），1987 年，两卷本

《教士住宅和无产者：法国文学的自动化生产（PALF）案卷》(*Presbytère et prolétaires. Le dossier PALF*)，与马塞尔·贝纳布（Marcel Bénabou）合著，《乔治·佩雷克研究》(*Cahiers Georges Perec*) 第三期，柠檬出版社（Limon），1989 年

《致法布里齐奥·克莱里奇之稍微多于四千首的散文诗》(*Un petit peu plus de quatre mille poèmes en prose pour Fabrizio Clerici*)，与法布里齐奥·克莱里奇合著，新印象出版社（Les Impressions Nouvelles），1996 年

## 通信

《"亲爱的，最亲爱的，值得欣赏的且迷人的朋友……"：乔治·佩雷克与雅克·勒德雷尔通信集》(« *Cher, très cher, admirable et charmant ami*… », Correspondance Georges Perec et Jacques Lederer)，弗拉马里翁出版社（Flammarion），1997 年

## 译作

《阿富汗的芥末酱的绿色平原》(*Les Verts Champs de moutarde de l'Afghanistan*)，哈里·马修斯（Harry Mathews），德诺埃尔出版社，"新文学"丛书，1974 年；P.O.L. 出版社再版，1998 年

《奥德拉德克体育场的沉没》(*Le Naufrage du stade Odradek*)，哈里·马修斯，阿歇特 /P.O.L 出版社，1981 年；P.O.L. 出版社再版，1989 年

## 音频作品

《我记得……》，萨米·弗雷（Samy Frey）演出，女人们出版社（éd. des Femmes），"声音图书馆"（« La Bibliothèque des voix »）系列，录音带，1990 年

《与贝尔纳·诺埃尔的对话》(*Dialogue avec Bernard Noël*),《连续的诗歌》(*Poésie ininterrompue*),《我记得……》(节选),《梦的写作》(*L'Écriture des rêves*),《描写1978年5月19日马比荣十字路口所见物品的尝试》(*Tentative de description de choses vues au carrefour Mabillon le 19 mai 1978*),套盒,含4张CD,安德烈·迪芒什(André Dimanche)/国家视听研究所(INA)制作,1997年

湖岸

Hu'an *publications*®

出品人_唐 奂

策划编辑_景 雁

责任编辑_邓 莉 史 亦

营销编辑_戴 翔 刘焕亭

美术编辑_王柿原

责任印制_朝霞午昼

书籍设计_Moo Design

内文制作_常 亭

@huan404

湖岸 Huan

www.huan404.com

联系电话_010-87923806

投稿邮箱_info@huan404.com

感谢您选择一本湖岸的书.

欢迎关注“湖岸”微信公众号

1● 里达·开尔，埃及裔法国歌手、演员。圣克鲁门位于巴黎16区，在佩雷克1946—1948年曾就读的克洛德·贝尔纳中学南侧。

2● 佩雷克的姑父大卫·比嫩费尔德（David Bienenfeld，1893—1973）是一名犹太裔珍珠商人。“二战”期间，他与佩雷克的姑母埃丝特（Esther，1896—1974）逃亡到法国东南部，躲过了纳粹的迫害，并从1942年开始抚养佩雷克。

4● 莱斯特·杨，美国爵士乐音乐人，萨克斯管和单簧管演奏家，20世纪50年代曾在巴黎居住。

5● 四人皆为公路自行车职业赛车手。“红灯笼”指在环法自行车赛中总成绩榜排名最后一位的车手。扎夫先后于1948年、1950年、1951年、1952年四次参加环法自行车赛，仅在1951年那次总成绩排名最后一位。索引将扎夫的名字Abdel（阿卜杜勒）拼成了Abd del。

6● 亚特·塔特姆，美国爵士乐音乐人，钢琴家。他在美国出生和长大，“一战”时尚年幼，没有记录显示其曾前往欧洲。

7● 啪啪球，一种玩具，两颗塑料球由一根绳子连接，互相碰撞可以发出“啪啪”声。

8 ● 1951年暑期，佩雷克曾在厄堡的一所语言学校学习英语。同行的还有他一个移居以色列的堂兄弟，在这里学习法语。

9 ● 《普隆普隆查拉拉》，法国广播节目，1945年开播，主持人圣格拉涅尔（见第75则注释）。1947年，法国还上映过一部同名喜剧电影。

10 ● 亨利（1930— ），佩雷克的姑父大卫·比嫩费尔德的妹妹贝尔特（Berthe, 1904—1969）之子。

11 ● 加里·戴维斯（1921—2013），生于美国，犹太裔。1948年，他在美国驻法国使馆声明放弃美国国籍，自称“世界公民”，之后滞留巴黎。当年9—12月，第三届联合国大会第一次会议在巴黎召开期间，他曾前往位于特罗卡德罗广场的会场，冲击了其中一次会议，要求承认他为“第一位世界公民”。

12 ● 小戴勒村，法国北部沿海的村庄，在巴黎西北方向约200千米处。1964年，佩雷克写作《物》期间［当时的书名还是《路漫漫》（*La Grande Aventure*）］，曾在这里度周末。“大胡子”是一种起源于法国的扑克牌玩法，规则类似红心大战。

13● 梅斯、图勒、凡尔登，都是法国东北部的城市。16世纪中期之前，三地均处于神圣罗马帝国统治之下。1552年，法国国王亨利二世（1519—1559）夺取并控制了三地。1648年10月，三十年战争结束后，它们正式归属法国。

15● 法语中的“弹子机”（flipper）一词来源于英语，原意为“脚蹼”。但在英语中，该词无“弹子机”的意思。

16●《读图》是法国最早的配图周刊，1843年创刊，因“二战”期间与纳粹和维希政权采取合作态度，1944年法国解放后遭停刊。

18●《大富翁》是可供多人同玩的桌面策略游戏，最早于1935年在美国推出。布勒特伊大街（Avenuede Breteuil）跨巴黎7区和15区，亨利·马丁大街（Avenue Henri-Martin）和莫扎特大街（Avenue Mozart）在16区。

19● 前一段原文为德语，出自海涅诗作《罗蕾莱》。后一段原文为英语，出自华兹华斯诗作《水仙》。

20● 朱诺在拿破仑战争期间，因战功获封阿布朗泰斯公爵。

21 ●格雷瓜尔与阿梅代，法国同名广播短剧中的两个主角，分别由法国作家、演员罗兰·迪比亚尔（1923—2011）和菲利普·德·舍里赛（1923—1985）扮演。福哈斯是法国广播连续剧《福哈斯签名》（*Signé Furax*）中的反派。佩雷克编制的索引写错了这部剧的剧名。

23 ●维也纳巧克力是热巧克力，列日巧克力是巧克力冰激凌。

24 ●契玛罗萨，意大利歌剧作曲家。《双簧管协奏曲》是由其他作曲家根据他的一首羽管键琴奏鸣曲改编而来的。

25 ●法语姓“弗拉克”（Flack），发音与德语中“高射炮”（**Fliegerabwehrkanone**）的别称Flak相近。

26 ●“好生活”（High Life）是美国香烟品牌万宝路的一个品种。“眼镜蛇”（Naja）则是一种法国香烟。佩雷克烟瘾很大。1981年12月，他曾在一档电台访谈节目上，半开玩笑地将戒烟列为死之前必须要做的37件事之一。

27 ●路易松·博贝曾在1953—1955年获环法自行车赛三连冠。王子公园体育场在1903—1967年是环法自行车赛的终点，与佩雷克曾就读的克洛德·贝尔纳中学隔街相望。

28 ●“折玫瑰页”原文作faire feuille de rose，在法语俚语中意为“舔肛”。

29 ●《艾蒙四子》是法国民间文学作品。《巴黎的约翰》是15世纪末的法国小说。

30 ●这家电影院在佩雷克姑父母家所在地圣母升天节街（见第118则注释）附近。

31 ●此处提到的表姐是指佩雷克姑父母的女儿埃拉（Ela，1927— ）。黎塞留剧场和奥德翁剧院都是法国国立剧院。前者是法兰西喜剧院主剧场，在巴黎1区，作为“国家剧院”，又被称为“法兰西剧院”。后者在巴黎6区，有“第二法兰西剧院”之称。1946年，法国国立剧院重新组建时，两者曾合并，1959年又分开。阿尔芒·萨拉克鲁（1899—1989）系法国剧作家，“二战”期间曾参加反对纳粹占领的抵抗运动，《阿拉斯的陌生女人》（*L'Inconnue d'Arras*）是他的代表作。

32 ●蒙巴顿勋爵通常是指英国海军将领路易斯·蒙巴顿（1900—1979）。但是，佩雷克编制的索引显示，他笔下的“蒙巴顿勋爵”是指英国女王伊丽莎白二世的丈夫、爱丁堡公爵菲利普亲王。菲利普亲王系路易斯·蒙巴顿的外甥，外公是巴滕贝格的路易斯亲王（Prinz Ludwig Alexander von Battenberg，1854—1921）。巴滕贝格的路易斯亲王原系德国贵族，后参加英国海军并入籍英国，累升至海军参谋长兼第一海务大臣。“一战”爆发后，英国掀起反德浪潮，巴滕贝格的路易斯亲王因其德国血统被迫辞职，并于1917年奉王命改姓蒙巴顿（即巴滕贝格的英译）。因政治、家庭等复杂的变故，菲利普亲王幼时独自在英国王室长大，通常被认为是由其舅舅路易斯·蒙巴顿抚养成人的。“二战”期间，由于他的父亲流亡在德占区，四个姐姐也均嫁给德国人，而且其中三人的丈夫是纳粹军官，他本人虽然积极为英国作战并颇有战功，但仍然蒙受诸多猜疑。1947年，在菲利普亲王与伊丽莎白二世（当时尚未即位）谈婚论嫁之时，他在欧洲皇室体系中不算出众的出身（希腊王位第六顺序继承人），以及与纳粹德国千丝万缕的联系，引来了众多反对声音。不过，这场婚姻最终还是达成了，菲利普亲王放弃希腊王位继承权，入籍英国，改用外祖父的姓氏蒙巴顿，并获封爱丁堡公爵等爵位。在对英国贵族的称呼中，公爵以下的爵位均可泛称勋爵，唯有公爵因身份尊贵，只能以公爵相称。不知道是不是故意为之，佩雷克在这里以勋爵称呼菲利普亲王，无论如何有些戏谑乃至轻视的味道。

34●1948—1955年，墨西拿大街7号曾是法国电影资料馆所在地。

35●这两名法国职业拳击手从未对阵过。

36●阿尔及利亚首都阿尔及尔位于阿尔及尔湾内，这个海湾是在佩斯卡德岬角（Pescade）和马提富海角（Matifou）的围拢下形成的。

37●拉尔米纳（1895—1962）先后参加过两次世界大战。1961年6月，已经退休的他受命组建特设军事法庭，审判阿尔及利亚军事政变（见第217则注释）的参与者。开庭前，他在家中自杀。此外，佩雷克编制的索引中，错将“乔治·巴顿”条目的编号37写成了3。

38●米歇尔·勒格朗（1932—　），法国爵士乐音乐人，钢琴家。

41●厄尔·博斯迪克（1913—1965），美国爵士乐音乐人，萨克斯管演奏家。

42●“本迪克斯”还是一个美国洗衣机品

牌，现已不存在。

43 ● 阿尔比诺尼（1671—1751），意大利作曲家。佩雷克编制的索引写错了他的卒年。

44 ● 让·勒克（Jean Lec，1899—1964），法国歌唱家、画家、作家。《蒙马特的阁楼》（*Le Grenier de Montmartre*）是他1946年创办的周播广播节目。

45 ● 《加菲奥词典》（*Le Gaffiot*），全称《拉丁语法语插图词典》，由法国语言学家、拉丁语教育家费利克斯·加菲奥（Félix Gaffiot，1870—1937）编纂。

49 ● 艾迪特·皮雅芙，法国歌手，也被认为是同时代法国最具国际知名度的明星。

50 ● 萨沙·迪斯特尔（1933—2004），乌克兰裔法国歌手、吉他手，犹太人。

51 ● 有车尾平台的公共汽车于1930年在巴黎投入使用，1971年1月23日之后停运。

52 ● 罗莎莉修女大街（Avenue de La Soeur-Rosalie）尽头的这座建筑被称为阿尔贝大厦（Tour Albert），建于1958—1960年，共23层。

53 ● 玛姬·麦克纳马拉（1928—1978），美国演员。除《俏女怀春》外，她还出演过三部电影。她与美国前国防部长麦克纳马拉（1916—2009）没有关系。

54 ●伏尔泰原姓阿鲁埃，Arouet Le Jeune 意为“年轻的阿鲁埃”。

55 ●拉乌尔·莱维，比利时电影导演、制片人。他参与编剧和导演的电影《马可·波罗》（1965）上映一年多以后，他自杀身亡。

56 ●萨沙·吉特里，法国演员、导演、编剧。1915年，他为可可粉品牌“埃勒斯卡”（Elesca，亦作Eleska）创作了广告语“美味就是埃勒斯卡”（Eleska c'est exquis），并将其谐音简化为“L. S. K. c. S. Ki.”。后来，这则极简广告语大量出现在该产品包装和广告上。

57 ●克里斯蒂安-雅克（1904—1994），法国电影导演、编剧。他先后有六段婚姻，演员勒妮·富尔（1918—2005）和玛蒂妮·卡洛分别是他的第三任和第四任妻子。

58 ●索麦尔的故乡在阿登省。

59 ●1953年10月23日—11月1日，巴黎各种广告媒体上出现了大量带有GARAP字样的海报，引起了极大关注，但无人知晓其含义。之后，当年刚刚成立的世界广告主联合会宣布，这些海报是由他们投放的，是配合世界广告周的一次测试活动，目的是检验广告究竟能取得什么样的宣传效果。据海报设计者透露，GARAP是“Gare à la publicité!”的缩写，意即“当心广告！”。

60 ● G-7是一家创办于1905年的法国出租车企业。

61 ● 这两家电影院分别在巴黎5区商博良街（Rue Champollion）7号和9号。梦游人电影院1894年初建时为夜总会，1939改为剧院，1956年改为艺术与实验电影院。拉丁区电影院初建时即为艺术与实验电影院。

62 ● 条形编织结，一种塑料绳编织的小手工艺品，20世纪50年代末期起源并流行于法国，得名自萨沙·迪斯特尔（见第50则注释）的同名歌曲*Scoubidou*（1958）。佩雷克在其编制的索引中，错将这一则的编号列入“广告”条目之中，实际应当列入“广告”条目的是下一则。

63 ● 多波是法国洗化用品厂商巴黎欧莱雅旗下洗发水品牌，1933年以Dopal为名创始，次年改称Dop，即“多波”。

65 ● 《刺猬》，法国幽默漫画杂志，1936年12月11日创刊，“二战”期间停刊，1946年2月1日复刊。

66 ● 佩雷克未提及名字的这出轻歌剧是《仨懒汉》(*Les Pieds Nickelés*)，改编自法国同名系列连环漫画。

69 ● 维拉尔-德朗，法国东南部伊泽尔省的市镇。“二战”期间，佩雷克随姑父母客居此地。这两个记忆表现的是因法语中的谐音而产生的语言现象：“诺曼底人”与人名“诺尔芒”是同一个单词Normand，“布列塔尼人”与人名“布勒东”是同一个单词Breton，而诺曼底与布列塔尼恰是法国西北部的两个相邻地区；拉马丁餐厅使用了法国浪漫主义诗人、历史学家拉马丁(1790—1869)的名字，夏多布里昂牛排是一种法式烤里脊，由法国作家、政治家、外交家、历史学家夏多布里昂(1768—1848)的厨师首创，并因此得名。

70 ● 《对还是错？》(*Vraiou faux?*)、《你们知道吗？》(*Le saviez-vous?*)是20世纪50年代报刊上的漫画专栏，通过简明的配图文字介绍百科知识。《惊人的事实》(*Incroyable mais vrai*)并不存在，不过当时的加拿大法语报刊上有一个名称类似的专栏叫《离奇的事实》(*Étrange mais Vrai*)。

71 ● 让·布勒托尼埃(1924—2001)，法

国演员、歌手，曾出演电影《我的小疯狂》(1953)。

72 ● 高蒙电影宫原为赛马场，后被高蒙电影公司买下，1911年更名为“高蒙电影宫”。1931年，它经翻修后一度号称是“世界上最大的电影院”，1973年被拆除。

73 ● 这里所说的“药妆店”(drug-store)是一种起源于美国的零售商店，最初是一种兼营化妆品、文具、零食、苗圃产品、胶卷以及(旧时的)简易食品的药店。

74 ● 巴尔贝斯商场(Galeries Barbès)是一家家具店，标志是一个带有立体主义风格的木头人。

75 ● 《圣格拉涅尔时刻》，法国广播节目，主要讨论社会和经济议题，1935年开播，20世纪60年代停播。这档节目的主持人圣格拉涅尔(1890—1976)是法国20世纪著名文化人，涉足演唱、编剧、导演、播音、写作、杂志编辑、新闻报道等多个领域。

77 ● 法国启蒙思想家狄德罗(1713—1784)出生于此。

78 ● 这是20世纪50年代巴黎春天百货和卢浮宫百货各自推出的广告语。

79 ● 1952年，美国陆军上将李奇微前往欧洲就任北大西洋公约组织武装部队总司令。5月28日，他抵达巴黎时，法国共产党组织了抗议示威活动，谴责他在朝鲜战争中使用细菌武器。

80 ● 雷·文图拉（1908—1979），法国爵士乐音乐人，也是萨沙·迪斯特尔（见第50则注释）的舅舅。

81 ● 维拉尔-德朗位于阿尔卑斯山地区，是法国的冬季滑雪胜地。

82 ● 《爸爸、妈妈、女佣和我》（1954），法国喜剧电影。

83 ● 安德烈·德·富基埃（1874—1959），法国作家，著有《现代礼仪：运用简论》（*La Courtoisie moderne, précis des nouveaux usages*，1954）。

84 ● 米歇尔·布托（1926—2016），法国"新小说"代表作家之一。他的作品《变》（*La Modification*，1957）是一部以第二人称写就的小说。佩雷克的小说《沉睡的人》（1967）也是第二人称视角。

85 ● 克拉夫申科（1905—1966），苏联冶金工程师，"二战"期间叛逃至美国。1946年，他出版个人回忆录，遭到法国共产党激烈抨击，由此引发一场诉讼。

86 ● 阿兰·德龙（Alain Delon，1935— ），法国演员。蒙鲁日（Montrouge）在巴黎西南郊，与他的出生地索镇（Sceaux）相距不远。

87 ● 埃林顿公爵，美国爵士乐音乐人，钢琴家。《大篷车》（1936）是他与其乐队成员共同创作的音乐作品。

88 ● 这句引语是一幅法国画谜（又称图形字谜，一种由图画、字母等组合起来让人猜其所表达意思的小游戏）的谜底，原文作“un soudard ne vit que de rapines obscures”。画谜的谜面如下：

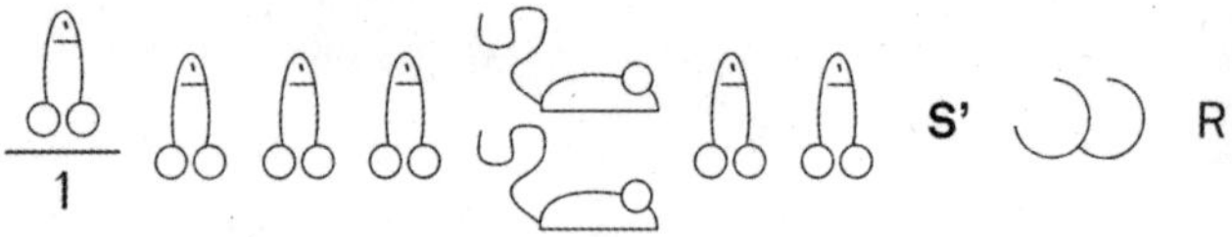


画面可转换为如下单词：sous dard（阴茎），noeud（阴茎），vit（阴茎），queue（阴茎），deux rats（两只老鼠），pine（阴茎），zob（阴茎），cul（臀部）。这些文字同谜面上的数字1及字母S'和R组合后顺序读出来，即“un sous dard, noeud, vit, queue, deux rats, pine, zob, S'cul R”，与谜底的原文谐音。

89 ● 法国导演让·格雷米翁（1903年—1959）与演员热拉尔·菲利普均去世于1959年11月25日。佩雷克编制的索引写错了让·格雷米翁的生年。

90 ● 这两家咖啡馆均在巴黎拉丁区，位于圣米歇尔大道（Boulevard Saint-Michel）和苏夫洛街（Rue Soufflot）的交叉路口处。佩雷克曾经就读的巴黎大学就在此地东北方向。

91 ● 《无所不知》，法国大众科学类杂志，也刊登文学作品。这里提到的“身体是地球的男人”是指该杂志1905年8月15日刊（总第2期）封面，上面是一个以地球为头部、做沉思状的男子。

92 ● 四合蛋糕，法国布列塔尼地区传统甜点，用料包括鸡蛋、糖、面粉和黄油，并没有牛奶。

93 ● 这些地方曾是法国在印度的殖民地，1954年被印度收回。

94 ● 1948年10月，佩雷克在克洛德·贝尔纳中学升入初三（也即法国的“四年级”），并开始学习希腊语。但是，在这个学年之中，他不仅没有通过希腊语考试，也没有通过学年考试。次年10月，他被姑父母送往巴黎南部埃松省埃唐普（见第321则注释）的寄宿学校复读初三。

95 ●《吉人天相》（1954），美国喜剧电影。在片中，演员丹尼·凯（1911—1987）扮演的主角无意中卷入一起间谍阴谋，被错当成间谍格罗梅克。格罗梅克这个名字后来也被用在《人生拼图版》第三十四章的故事中（见第162页）。

96 ●这几句诗是文字游戏，曾出现在巴黎东南部约讷省的旅游明信片上，原文作：

J'avais une soif de lionne:

Voulant savoir à quoi l'eau sert,

Je m'écriai : "Tonnerre ! Avalons"

暗含着约讷省及其所属城市的名称。其中，lionne（母狮）与l'Yonne（约讷）谐音；eau sert与Auxerre（欧塞尔，该省省会）谐音；Tonnerre（托内尔）是该省东部市镇，本意为"雷、雷霆"；Avalons是动词"吞"的变位形式，与Avallon（阿瓦隆，该省东南部市镇）谐音。"二战"中，佩雷克的父亲战殁在约讷。

97 ●库台·迪福雷斯托（1897—1980），法国政治人物，担任过主管农业、食品供应、经济事务的国务秘书等职，并没有担任过驻联合国代表。他的名字也出现在《人生拼图版》第九十一章（见第451页）。

98 ●雪莉·麦克莱恩（1934— ），美国演员，父亲姓贝蒂（Beaty），麦克莱恩是她母亲的姓氏。佩雷克在其编制的索引中将希区柯克标记为美国导演，实际上，后者出生在英国，1955年入籍美国后拥有双重国籍。

100 ●达尚礼参加过“一战”，战后进入神学院，1925年成为神父，1935年任赤足加尔默罗修道会巴黎会省会省长。“二战”期间，参加戴高乐领导的“自由法国”武装力量，战后任法国驻印度支那高级专员。他在印度支那推行的政策导致了印度支那战争的爆发，1947年被撤换回国。

101 ●网球运动史上，有“火枪手”之称的四名法国运动员是博罗特拉（1898—1994）、科歇（1901—1987）、雅克·布鲁农（Jacques Brugnon，1895—1978）和勒内·拉科斯特（René Lacoste，1904—1996），并没有佩特拉（1916—1984）与德特勒莫（1917—2002）。佩雷克编制的索引还写错了博罗特拉的生年。正确的“火枪手”名单出现在《人生拼图版》第四十五章（见第201页）。

102 ●沙维尔·库加（1900—1990），西班

牙音乐人、漫画家。

103 ● 这句话出自美国电影纪录片、世界上首部全景电影《这是全景电影》(1952)。不知何故，佩雷克在其编制的索引中，将“全景电影”列入了电影院清单。

104 ● 阿尔及利亚战争期间，1957年1月16日，法军驻阿部队总司令拉乌尔·萨朗(1899—1984)遇袭。此即“科瓦奇事件”，得名自幕后主使勒内·科瓦奇(阿尔及利亚医生、法属阿尔及利亚抵抗组织成员)。由于袭击使用的武器为绰号“巴祖卡”的自制火箭筒，该事件也称“巴祖卡事件”。《人生拼图版》第三十一章也提到了这起事件(见第138页)。

105 ● “卡多姆”系法国香皂品牌，始创于1907年。该品牌的婴幼儿系列产品被命名为“卡多姆宝宝”，并在广告中大量使用婴幼儿形象。

107 ● 《小茅屋》，法国戏剧，1947年首演，讲述了一对夫妇和他们的一个朋友三人被困荒岛的故事。

108 ● 《仙人掌花》，法国戏剧，1964年首演，讲述了一名牙医及其助手和爱慕者之间的三角恋故事。索菲·德马雷(1922—

2012)，法国演员。舒瓦瑟尔拱廊街在巴黎2区，是现存不多的拱廊街之一。

110● 保罗·拉马迪埃于1947年1—10月任法国总理。

112● 科莱特，法国作家，1935年当选为比利时皇家学院院士。

113● 博纳尔（Bonal）开胃酒产自法国东南部的伊泽尔省，因善打平面广告，在两次世界大战之间市场占有率极高，1937年推出的广告语“Ouvrel’appétit”（胃口大开）当时广为人知。20世纪50年代，销量开始下滑，1976年被收购。

114● 《普罗斯珀，呦噗啦嘭》（1935），法国歌曲，最早由莫里斯·舍瓦利埃（见第282则注释）演唱。佩雷克在其编制的索引中，给歌名加上了感叹号。

116● 《我们生活愉快》（1938），美国喜剧电影，讲述了一个富家女与一个偶遇车祸的作家之间的爱情故事。

117● 让·伽本，法国电影演员，是同时代法国最具国际知名度的电影人之一。

118● 伊夫·克莱因（1928—1962），法国现代艺术家，有一种蓝色以其名字命名。圣母升天节街在巴黎16区，是佩雷克姑父母家所在地。1944年巴黎解放后，佩雷克从法国东南部的避难地辗转回到先期抵达巴黎的姑父母身边，1949年之前一直住在这里。阿兰迪画廊原来也在圣母升天街上，1960年关闭。1956年，克莱因曾在这间画廊举办题为“伊夫：单色主张”的作品展。

119 ● 勒内·科蒂，法国政治人物，法兰西第四共和国第二任也是最后一任总统。1953年12月，他以独立无党派候选人身份参选总统，经过13轮投票才最终当选。

120 ● 罗贝托·本兹，法国指挥家。早年曾是童星，主演过电影《荣耀序曲》(*Prélude à la gloire*, 1950) 和《命运的召唤》(*L'Appel du destin*, 1953)。

121 ● “阿斯特拉”(Astra)，人造黄油品牌。引文系该品牌广告词，全文作“给，摆脱一个让您付出沉重代价的偏见”，意在告诉消费者，人造黄油与黄油相比，品质并不差，价格也更有优势。

122 ● 阿涅丝·瓦尔达（1928—2019），法国“新浪潮”电影代表人物之一，1951—1961年供职于巴黎的国家人民剧院。

123 ● 1949年10月28日，法国航空公司巴黎—纽约航班撞山失事，37名乘客、11

名机组人员全部遇难。法国小提琴家吉内特·内沃（1919—1949）和拳击手马塞尔·塞尔当均在其中。佩雷克编制的索引写错了吉内特·内沃的生年。

124● "安德烈亚·多利亚号"，意大利邮轮。1956年7月25日，该船从热那亚开往纽约途中，在美国近海与其他船相撞，26日沉没。事故直接导致46人死亡，在后来探查沉船过程中又有16名潜水员死亡。

126●《快报》始终是一份周刊。

127●瓦尔科维亚克（1927—2017），法国公路自行车职业赛车手，1956年环法自行车赛总冠军。

128●让娜·莫罗（1928—2017），法国歌手、电影人。

129● "不二价"（*Monoprix*）与"单一价"（*Prisunic*）都是法国连锁零售品牌。

130●普瓦罗-德尔佩什（1929—2006），法国记者、作家。1951年加入《世界报》，做过该报法庭报道记者。

131● "康提基号"是一艘帆木筏。1947年4月28日—8月7日，挪威人类学家、探险家托尔·海尔达尔（Thor Heyerdahl，1914—2002）与五名同伴操纵此筏横渡南太平洋，在当时引起巨大反响。海尔达尔所著《孤筏重洋》（*Kon-TikiEkspedisjonen*，1948）详细记述了此次航行。

134 ● 雅克兄弟组合中的两个亲兄弟是指安德烈·贝雷克（André Bellec，1914—2008）与乔治·贝雷克（Georges Bellec，1918—2012）。佩雷克在埃唐普上寄宿学校时，班上也有一个姓贝雷克的同学，两人的名字经常被弄混（见第183则）。

135 ● 亨利·萨尔瓦多（1917—2008），法国歌手、谐星。

136 ● 1959年之前，法国中小学的学年开始于每年10月，结束于次年7月14日国庆日。学年间的假期长达三个月。

137 ● 1960年4月12日，法国标致汽车公司总裁之子、年仅四岁的埃里克·珀若（Eric Peugeot）遭绑架，绑匪向其父勒索赎金5000万旧法郎（当时约合10万美元）。数日后，珀若之父与绑匪妥协，赎回了儿子。1961年，两名绑匪落网。

138 ● 让·博贝后来转行做了媒体人。

139 ● 夏尔·巴松皮埃尔（1911—1984），法国歌手、作家、广播节目主持人。

140 ● 引文是一段歌词，出自法语音乐喜剧电影《克拉多克船长》(*Le capitaine Craddock*, 1931)的插曲《海军小伙儿》(*Les Gars de la Marine*)。佩雷克在其编制的索引中把歌词当成了歌名。

141 ● 拉内拉格街(Rue du Ranelagh)与佩雷克姑父母家所在的圣母升天节街平行相邻。

143 ● 苯丙胺,中枢神经系统兴奋剂,具有强成瘾性。“二战”期间,它曾被用于军事,可帮助士兵保持精力旺盛。1960年8月,丹麦自行车运动员克努兹·埃内马克·延森(KnudEnemark Jensen, 1936—1960)因过量服用这种药物,死在罗马奥运会赛场上。体育界由此在反兴奋剂上达成共识并开始采取行动。

144 ● 在法国,腌酸菜是阿尔萨斯地区的传统食品。这里地处法德交界处,饮食和文化上同德国联系紧密。

146 ● 佩雷克未成年之前曾两次在学校寄宿:第一次是在维拉尔-德朗(1942—1944),第二次是在埃唐普(1949—1952)。第二次寄宿期间,他可能遭遇了校园欺凌。

147 ● 纽约大街在巴黎16区,历史上曾多次改名,1918—1945年称为东京大街,

1945年改称纽约大街。佩雷克在其编制的索引中，错将这一则的编号列入“寄宿”条目之中，实际应当列入“寄宿”条目的是上一则。

148 ●1950年，卡斯特罗取得法学博士学位，之后与人联合创办过一家律师事务所，但很快就选择从政。

149 ●夏尔·里古洛（1903—1962）曾在1924年巴黎奥运会上夺得举重项目金牌，同时还拥有职业摔角手、汽车赛车手、马戏演员、歌手等多重身份。“二战”期间，他曾因殴打纳粹军官而入狱。

150 ●佩雷克的名字“乔治”源于希腊语γεωργός，本义是“耕种者”。

151 ●路易丝·德·维尔莫兰是法国巨富之后，其家族掌管着大型种业企业维尔莫兰-安德里厄公司（Vilmorin-Andrieux & Cie）。20世纪30—60年代，她活跃于巴黎社交界，为文学艺术事业提供支持，其中就包括资助“新浪潮”电影代表人物之一弗朗索瓦·特吕弗（1932—1984）。法国还有一家名为特吕弗园艺公司（Jardineries Truffaut）的园艺和种业家族企业。弗朗索瓦·特吕弗与这家公司没有关系，只是恰好与其创始人同姓。维尔莫兰的公司也跟这家公司没有关系，只是恰好同业。

152 ● 沃伦·比蒂（1937— ），美国电影人，父亲姓贝蒂（Beaty），从影之后将自己姓氏的拼写变换为“比蒂”（Beatty）。

154 ● 帕德雷夫斯基，波兰钢琴家、政治活动家，1940年在巴黎出任波兰流亡政府国民议会主席（并非总统）。

155 ● 让·吉顿（Jean Guitton，1901—1999），法国神哲学家。“二战”时，他被囚禁在德国，其间曾上书维希政府，阐述如何建设“新法国”，并有过其他被视为配合纳粹宣传的举动。战后，他因上述行为受到审判，但未获罪。1955—1968年，任教于巴黎大学（1970年12月31日被拆分之前笼统称为索邦大学）。

156 ● 亨利·库布尼克（1912—1991），法国广播节目主持人和制作人。1958年，他主持了有奖问答游戏广播节目《每天十万法郎》，轰动一时。

157 ● 达里·考尔（1925—2006），法国演员、音乐家。

159 ● 莫里斯·拉威尔，法国作曲家。《波莱罗舞曲》（*Boléro*）是他受托为芭蕾舞剧谱写的管弦乐作品，后多单独演奏，也是他的代表作。

161 ● 克劳迪娅·卡汀娜（1938— ），意大利电影演员。她的父母都是从意大利西西里岛迁居到突尼斯（当时属于法国）的，她本人则出生在突尼斯首都突尼斯城东边的港口拉古莱特（La Goulette）。

164 ● 卡雷特（1897—1966），法国电影演员。1966年7月20日，他在吸烟时睡着，烟头引发的火灾导致他死亡。

166 ● 迪努·利帕蒂，罗马尼亚钢琴家、作曲家。实际上，1934年，他年仅17岁就获得维也纳国际钢琴大赛第二名。

167 ● 五黑宝合唱团，美国歌唱组合，由五名黑人歌手组成。1959年底，该组合四名歌手陷入毒品和性交易丑闻。达丽达（1933—1987），意大利裔法国歌手、演员，出生和成长于埃及开罗，1956年开始登台演唱，风靡国际歌坛30年。阿尔及利亚民族解放阵线是1954年至1962年间阿尔及利亚反抗法国殖民统治、争取民族独立的领导力量，阿独立后长期是该国执政党。

168 ● “冬赛馆”全称冬日自行车赛车馆。1913—1959年，这里是著名场地自行车赛

"巴黎六日赛"的赛场。1959年，"冬赛馆"被拆除，赛事停办。"二战"期间，这里曾发生过一起迫害犹太人的事件。1942年7月16—17日，维希政府警察奉纳粹的命令，逮捕了13 152名犹太人，并关押在此，后陆续将他们遣送至奥斯威辛集中营，最终确认有8160人死亡。

169 ● 诺曼·格兰兹（1918—2001），摩尔多瓦犹太裔美国音乐人。1944年7月2日，他在洛杉矶举办首场题为"交响乐中的爵士乐"的音乐会，引起轰动。20世纪50年代，该音乐会曾在全世界巡演。

170 ● 两者都在巴黎17区克利希大道（Boulevard de Clichy）上。

171 ● 奎瓦斯侯爵，智利裔美国芭蕾舞编舞、舞团经理人，1951开始在法国发展芭蕾舞事业，直至去世。

172 ● 斯波克（1903—1998），美国儿科医生、左翼政治活动家。著有育儿书籍《婴幼儿保健常识》，后被冠名为《斯波克育儿经》。1972年，曾竞选美国总统。

173 ● 雅克琳娜·奥里奥尔（1917—2000），法国首位女性飞行员，1951—1963年先后五次创造女性飞行速度的世界纪录。

175 ●1967—1970年，尼日利亚发生内战。“比夫拉”是在此期间宣布独立的尼南部地方政权，后战败。

178 ●让·科克托演映厅最早是一家咖啡馆，1950—1970年改称凯尔特人电影院。

179 ●这是法国文学史上的一个经典恶作剧。实际上，电报全文为“没地狱STOP放松STOP通知克洛岱尔STOP署名：安德烈·纪德”。纪德出身新教家庭，而莫里亚克与克洛岱尔笃信天主教。这封电报似乎可以看作纪德（或他的身边好友）最后一次拿莫里亚克及克洛岱尔的宗教信仰开玩笑。在使用电报的年代，STOP（停）这个词是免费的，而句号是收费的。人们为了节省费用，通常用STOP代替句号。不知是有意还是无意，佩雷克把作为句号使用的STOP记成了电报的内容。

180 ●伯特·兰卡斯特（1913—1994），美国电影人。20世纪30年代曾从事杂技表演，后因伤退出，“二战”后进入影视圈。

181 ●约翰尼·哈里戴（1943—2017），法国歌手、演员，艺术生涯长达57年，有国际影响。雷蒙·德沃（1922—2006），法国脱口秀演员、幽默作家。

182 ●玛丽娜·维拉迪（1938— ），俄裔法国演员。卡耶特（1909—1989），法国电影导演。卡耶特曾执导过一部名为《洪水之前》（*Avant le déluge*, 1954）的电影，维拉迪饰演女主角。佩雷克记得的影片名*Après nous le déluge*（《我们之后洪水滔天》）是法国历史上的名言——据传源自路易十五与其情妇蓬巴杜夫人的对话，与*Avant le déluge*谐音。

186 ●博尼诺（1935—1990）擅长独角戏，20世纪60年代曾在巴黎演出。

187 ●克利福德·布朗，美国爵士乐音乐人。1956年6月26日，他在前往芝加哥演出途中遇车祸身亡，终年25岁。

188 ●热纳维耶芙·克吕尼（1928— ），法国演员。

189 ●S. F. I. O. 是Section Française de l'InternationaleOuvrière的缩写，意为“工人国际法国支部”（工人国际即历史上的第二国际），成立于1905年，是法国社会党的前身，1936—1947年曾三次短暂主持组阁。社会党国际是社会党的国际联合组织，但“社会党国际法国支部”并不存在。佩雷克在其编制的索引中写错了提及SFIO

那一则的编号。

190 西姆·科庞（1912—2000），立陶宛裔美国广播节目主持人。1945年，应邀为法国广播公司开办三档美国爵士乐节目，后定居法国，一边主持广播节目，一边展开爵士乐巡讲，社会影响巨大。

192 路易·卡皮（1923—1985）曾在1949年和1955年两次获得环法自行车赛赛段冠军。

193 梅尔达是1794年7月27日晚参与抓捕罗伯斯庇尔的人之一，曾获封梅达男爵。

194 这是两个谐音文字游戏。第一句原文作“C’estassez, dit la baleine, j’ai le dos fin, je me cache àl’eau.”，隐含了与鲸目动物有关的单词：C’estassez与cétacés（鲸目）谐音，dos fin与dauphin（海豚）谐音，cache àl’eau与cachalot（抹香鲸）谐音。第二句原文作“Racine boitl’eau de la fontaine Molière.”，隐含了四位法国17世纪文豪，除剧作家拉辛与莫里哀外，还包括诗人布瓦洛（Boileau，与boitl’eau谐音）和拉封丹（La Fontaine）。

196 欧蒂勒·维尔索瓦（1930—1980），俄裔法国演员。她与玛丽娜·维拉迪的父亲是歌剧演员弗拉基米尔·德·波利亚科夫-贝达罗夫（Vladimir de Poliakoff-Baïdaroff，1890—1952），而不是画家塞尔日·波利亚科夫（1900—1969）。佩雷克在其编制的索引中，将欧蒂勒·维尔索瓦的本名写作米莉察·塔尼亚·德·波利亚科夫-贝达罗夫，但综合各方面文献来看，她的本名是塔季扬娜·德·波利亚科夫-贝达罗夫（Tatiana de Poliakoff-Baïdaroff，塔尼亚是塔季扬娜的简称）。而弗拉基米尔·德·波利亚科夫-贝达罗夫的三女儿、演员埃莱娜·瓦利耶（1932—1988）的本名是米莉察·德·波利亚科夫-贝达罗夫。此外，索引还写错了塞尔日·波利亚科夫的生年。

197 ●任丁丁，德国牧羊犬，“一战”时被美军士兵救下，1922—1931年出演电影约30部，是华纳兄弟公司早期顶级明星。它也出现在《人生拼图版》第五十九章（见第288页）。美国童星秀兰·邓波儿（1928—2014）则出现在《人生拼图版》第七十九章（见第378页）。米诺·德鲁埃（1947— ）曾被视为法国神童。她8岁因写诗成名，但随即被怀疑诗作系其母捉刀，神童身份始终未获认可，出演的唯一一部电影也反响平平。《人生拼图版》第九十七章中有一个类似的神童形象（见第476页）。

198 ● 联盟式橄榄球是一种起源于英国的13人制橄榄球运动。1954年，法国发起并主办了首届世界杯比赛。皮格-奥贝尔（1925—1994）被视为法国当时在该项目上最好的运动员，他有抽烟的习惯，由此得到了“小烟枪”的绰号。

199 ● 安德烈·勒特罗凯（1884—1963）先后在1954—1955年和1956—1958年两次担任国民议会议长。1959年，卷入一起后来称为“玫瑰芭蕾”的性丑闻，并因此获刑（缓期执行）。

200 ● 拉布舍里咖啡馆（*la Bûcherie*）在巴黎5区。让·吕尔萨（1892—1966），法国艺术家，致力于复兴挂毯艺术。佩雷克编制的索引写错了他的生年。

201 ● 加兰餐厅是法国名厨乔治·加兰（Georges Garin，1913—1979） 在1961年开办的，位于巴黎5区拉格朗日街（Rue Lagrange）9号，1973年关闭。莫贝尔市场（*Maubert*）是拉格朗日街与圣日耳曼大道交叉路口西边的农产品市场。

203 ● 这是巴黎15区两个相邻的地方，恰在15区所属的格勒内勒街区（Grenelle）西南边界线上。1945年，为纪念1941年遭纳粹杀害的法国政治活动家、共产党人夏尔·米歇尔斯（Charles Michels，1903—1941），此地改以他的名字命名。

204 ● 这是三首法国流行歌曲。除《小马车》外，佩雷克记得的歌名实际是歌词。第一首歌曲名为《你去哪里巴希勒？》（*Où vas-tu Basile?*），第三首歌曲名为《苦役犯》（*Le Galérien*）。

205 ● 沙邦-戴尔马（1915—2000），法国政治人物，1969—1972年任总理。1972年1月，有媒体披露，沙邦-戴尔马的收入声明与实缴税款有较大出入。这则报道引发政府信任危机，导致他被迫辞职。

206 ● 法国作家皮埃尔·博努瓦被视为亲纳粹分子。

207 ● 这是一则文字游戏。“夏尔拖拖拉拉”原文作Charles traînait，与法国歌手夏尔·特雷内（1913—2001）的名字Charles Trenet谐音。“皮埃尔刹着车”原文作Pierre freinait，与法国演员皮埃尔·弗雷纳（1897—1975）的名字Pierre Fresnay

谐音（佩雷克编制的索引写错了他的卒年）。“索菲往前冲”原文作Sophie démarrait，与法国演员索菲·德马雷（见第108则注释）的名字Sophie Desmarets谐音。

208 ●《法国文学》，法国左翼刊物，1942年9月创办，“二战”后得到法国共产党支持，1972年停刊。

210 ●福斯托·科皮，意大利公路自行车职业赛车手。这一则是在讲他的婚外恋情。当时，意大利视离婚为非法，还会为婚外恋定罪，科皮后来被迫与情人到墨西哥登记结婚。

211 ●奶酪品牌“肃芝牛”创始于1926年，以一个表情严肃的牛头作为商标，并推出广告语：“人天性欢乐，奶牛天性严肃，肃芝牛，认真的家庭都会有。”由于它的商标与老牌奶酪“乐芝牛”有相似之处，1955年被控侵权，1959年败诉后更名。

213 ●1948—1960年，亚历克斯·雅尼（1929—2001）四次参加奥运会，两次获得铜牌。

214 ●雅克·杜克洛（1896—1975），法国政治人物，1959年任法国共产党总书记，去世在任上。1952年5月28日，身为法共议会党团主席的他组织了针对李奇微的抗议示威活动。当晚，警察搜查了他的轿车，将车内发现的两只死鸽作为证据，指控他为苏联从事间谍活动。杜克洛为此被捕，7月初获释。佩雷克编制的索引写错了他的卒年。

215 ● 电影《弗洛伊德》(1962)投拍之初，萨特参与了剧本创作，但因在剧本篇幅问题上与导演约翰·休斯顿(1906—1987)发生分歧——他先后提交了两个剧本，拍摄长度分别达五小时和八小时——最终并未列名于创作人员名单。

217 ● 1961年1月，在阿尔及利亚战争持续六年多之后，法国总统戴高乐就政府的阿尔及利亚自决政策发起公民投票。结果显示，法国本土和阿尔及利亚均有超过70%的票数赞成自决政策。由此，法国开始就阿尔及利亚独立问题同阿临时政府展开谈判。1961年4月22日，四名法国退役将军萨朗(见第104则注释)、沙勒(1905—1979)、儒奥(1905—1995)、泽勒(1898—1979)在阿尔及尔发动军事政变，声明要以武力维持法国对阿尔及利亚的统治。次日，戴高乐向军队发表演说，禁止任何人执行政变者的命令，巧妙化解了危机。

219 ● 卡特肝脏小药片的有效药物成分为比沙可啶，是一种缓泻剂，可用于治疗便秘。在早期的商业广告中，它被宣传为具有促进胆汁分泌、防止胆汁在肝脏上淤积的功效。1951年，美国联邦贸易委员会要求该药将商品名上的“肝脏”一词删除，以防误导消费者。

220 ● 贝尔纳·比费（1928—1999），法国表现主义画家，一生创作了8000余件作品。

221 ● 这两名政治讽刺漫画家，前者持右翼立场，后者持左翼立场。

222 ● 1896—1900年，纪德曾在法国诺曼底地区的市镇拉罗克-拜纳尔（La Roque-Baignard）担任镇长。

224 ● 《圣袍千秋》（1953），美国史诗电影，以耶稣受难为背景，讲述了罗马军官马塞路斯与奴隶德米特留斯反抗皇帝卡里古拉暴政的故事。

225 ● 鲍里斯·维昂，法国作家、爵士乐音乐人。1959年6月23日，根据他的小说《我唾弃你们的坟墓》（*J'iraicracher sur vos tombes*，1946）改编的同名电影上映，维昂也前去观看。影片开演不久，他突发心脏病，在送院途中去世。此前，在这部作品如何改编为电影问题上，他与制片方分歧严重，不仅公开批评这部影片，还拒绝出现在创作人员名单上。

226 ● 这是一个男声二重唱组合，1932年成立，1939年解散。

227 ● 费迪南德·屈布勒（1919—2016），绰号“费尔迪”（Ferdi），瑞士公路自行车职业赛车手，1950年环法自行车赛总冠军。

228 ● 达里奥·莫雷诺，土耳其歌手、电影演员。

229 ● 《福斯特上校有罪》是法国作家罗歇·瓦扬以朝鲜战争为背景创作的戏剧，作品主人公、美国军官福斯特对自己所参与战争的正义性产生了怀疑。该剧原定于1952年5月在巴黎首演，被警方以剧院设施存在安全问题为由推迟，后仅完整演出两场，第三场遭到干扰中止，此后未再上演。

230 ● 这是两起法国连环杀人案，前一桩的行凶时间是“二战”期间，后一桩则发生在“一战”及战后一段时间。凶手马塞尔·珀蒂奥（Marcel Petiot，1897—1946）与亨利·德西雷·朗德吕（Henri Désiré

Landru, 1869—1922）获罪后，都被送上了断头台。

231 ●《一千六百万年轻人》，法国时尚与音乐类电视系列节目，1964—1968年播出，由安德烈·阿里斯（André Harris, 1933—1997）与阿兰·德·瑟杜伊（Alain de Sédouy, 1929— ）联合制作。

233 ● 这里提到的四名足球运动员在1938—1960年先后入选法国国家队。

236 ●《埃卡洛》是霍勒斯·西尔弗（1928—2014）创作于1952年的作品。

237 ● 这家商店原来在巴黎8区香榭丽舍大街133号，1958年10月开业，1972年9月在火灾中遭焚毁。

238 ● 萨布（1924—1963），印度电影演员，后入籍美国。1942年，他曾在根据吉卜林小说《丛林故事》改编的电影中扮演莫格里。

239 ● 马尔科姆·X，美国黑人民权运动领袖。

240 ● 沙特莱—丁香镇线（Châtelet-Lilas）即巴黎地铁11号线，1935年建成通车，1956年成为首条运行气胎式列车的巴黎地铁线。

241 ● 1952年10月19日—12月23日，邦巴尔（1924—2005）在不携带给养、仅携带捕鱼工具和导航仪器的情况下，驾驶充气船完成了横渡大西洋的航行，成为当时的一个创举。佩雷克编制的索引写错了他的生年。

242 ● 梅塞施米特（Messerschmitt）系德国飞机制造企业，“二战”期间为德军开发了众多军用飞机，最具代表性的是轻型战斗机Bf-109、重型战斗机Bf-110以及世界上第一种可量产的喷气式战斗机Me-262。

243 ● 1960年9月6日，121名法国文化艺术界人士联名签署《关于阿尔及利亚战争中不服从权的宣言》，呼吁法国政府立即在阿尔及利亚停战，抗议在战争中滥施酷刑，并主张士兵有权拒绝参战。这份宣言又名《121人宣言》。

244 ● 司汤达在他未完成的遗作、自传性小说《亨利·布吕拉尔的一生》第四十三章中写道，“菠菜和圣西蒙是我经久不变的嗜好”。

245 ● 莱皮纳大赛，法国发明竞赛，1901年创办，后逐渐发展成为鼓励创意和创新的年度活动。《人生拼图版》第十一章和第七十二章都提到了它（分别见第38页和第345页）。

246 ● 1925—1934年，法国雪铁龙汽车公司租用埃菲尔铁塔做品牌广告，使用25万只灯泡在塔上拼出了巨大的雪铁龙标志——CITROEN。

247 ● 巴黎博览会创办于1904年，是当时欧洲最大的综合性商品交易会。1955年，皮埃尔·戴高乐曾出任法国参加1958年布鲁塞尔世界博览会的总干事，他并没有掌管过巴黎博览会。

248 ● “二战”期间，生活在法国东南部伊泽尔省省会格勒诺布尔的犹太人菲纳利夫妇自知性命难保，将他们的两个孩子托付给一个天主教机构。后来，菲纳利夫妇死于纳粹集中营，两个孩子则由天主教徒监护。法国解放后，两个孩子的监护人以他们已经受洗为由，拒绝将他们归还给原来的亲属，由此引发一起牵涉宗教界、政界的公共事件。最终，两个孩子回归自己的家族，并重新改信犹太教，后在以色列定居。

249 ● 罗贝尔·利南（1920—1944），法国电影演员。“二战”期间，他参与地下抵抗运动，在战争即将结束时被纳粹处死。佩雷克编制的索引写错了他的生卒年。

250 ● 1962年8月22日，戴高乐途经巴黎西南上塞纳省的小克拉马尔时，遭到“秘密军”（暗杀和破坏组织，由反对阿尔及利亚独立的法国极端殖民主义者和极右势力成立）袭击，结果安然无恙。

252 ● 保罗·基尼谢特（1916—1983）与莱斯特·杨同为萨克斯管演奏家。前者得名“副总统”是因为评论界认为他模仿了后者的演奏风格。

253 ● 欧洲盟军最高司令部是北大西洋公约组织最高军事机关军事委员会下辖的四个司令部之一。

254 ● 这个对数表由卡米耶·布瓦尔（Camille Bouvart）和阿尔弗雷德·拉蒂内（Alfred Ratinet）编制，1905年出版，后多次再版。佩雷克把布瓦尔的姓拼成了Bouvard。

255 ● 1969年8月9日，美国演员莎朗·塔特与她的四个朋友一起在家中被谋杀。幕后主使、邪教头目查尔斯·曼森（Charles Manson，1934—2017）先是被判处死刑，后又被改判终身监禁。

258 ● 佩雷克编制的索引写错了格伦·米

勒（1904—1944）的生年，并在“爵士乐”条目中写重了这一则的编号。

259 ● 据记载，1958年6月初，戴高乐在前往阿尔及利亚时，没有系军服外腰带。1959年1月，《世界报》报道了法军发出的一则通知，通知称，所有级别的军装都不再配备外腰带。1958—1960年，佩雷克正在军中服役。

260 ● 1937年，夏乐宫建成后，瓦莱里应约为两座主体建筑的四面山墙撰写了铭文。其中，建筑与遗产博物馆山墙铭文为：

人在不察觉中创造
正如呼吸
艺术家却能体会到
他的行为揽入他的整个存在
他热烈而艰难地将他打造
（朝向埃菲尔铁塔一侧）
在这些献予珍宝的墙内
我迎入和保存着作品
来自艺术家的惊人之手
对等于，匹敌于他的思想
无一能遗世而独立
（朝向特罗卡德罗广场一侧）

人类博物馆山墙铭文为：

走过的人

不论我是枯坟或宝藏

不论我说，或不说

一切只在于你：

朋友，进来就不要无欲无求

（朝向埃菲尔铁塔一侧）

罕有的或美妙的事物

在此考究地陈罗

教化观看的眼睛

有如这世上所有

还未被查见的事物

（朝向特罗卡德罗广场一侧）

261 ● 朱利安·格拉克（1910—2007），法国作家。1947—1970年，他在佩雷克曾经就读的克洛德·贝尔纳中学担任历史和地理课教师。

262 ● “罗斯科总统”，美国电台流行音乐节目主持人，精通法语，曾在法语电台开设过以其艺名命名的广播节目。

264 ● 这是一种起源于墨西哥的舞蹈。

265 ● 1963年11月22日，他刺杀了美国时任总统肯尼迪。

266 ● 这是一种当时流行于法国青少年中的游戏，谁数到的留胡须的人多就能得分，遇到颜色或样式罕见的胡须也会有加分，而计分规则参照网球比赛的规则。

267 ● 这是一首20世纪初期在驻阿尔及利亚法军士兵中流行的歌曲，“一战”前后在法国本土广为传唱。佩雷克记忆中的歌词与原歌词略有出入：一是原歌词中的女主人公并不叫拉玛佳（Ramadjah），而叫特拉瓦佳（Travadja），也作特拉巴佳（Trabadja）或拉瓦佳（Ravadja）；二是原歌词最后一句，字面上不是“告诉我还热不热”（Tu m'dirassic'estchaud），而是“看看它还热不热”（Tu verrassic'estchaud），意思基本一致，发音也相似，但用词不完全相同。

268 ● 艾希曼，纳粹德国党卫军中校，也被认为是犹太人大屠杀政策的主要执行者之一。

269 ● 佩雷克编制的索引写错了摔角手“白天使”的本名，应为弗朗西斯科·皮诺·法里纳（Francisco Pino Farina）。此外，索引并未说明“小王子”和“阿道夫·凯撒博士”的本名。实际上，“小王子”是指法国职业摔角手丹尼尔·迪巴伊（1943—2005），而“阿道夫·凯撒博士”并无其人，只是英国波普艺术家彼得·布莱克（Peter

Blake，1932— ）创作于1963年的一幅虚构的摔角手肖像画中的人物。

270 ● 斯特万·马尔科维奇（Stevan Marcovitch），1937年生于南斯拉夫，1958年通过政治避难方式移居法国。1968年10月，他死于他杀。此案牵涉众多，卷入其中的不仅有法国演员阿兰·德龙，还有当时刚刚卸任总理、次年当选总统的蓬皮杜及其夫人，并被怀疑有间谍案背景。案件调查多年，始终未能结案。

272 ● 巴黎芭蕾舞团及这三位舞蹈明星也出现在《人生拼图版》第八十八章（见第435页）。

273 ● 圣克雷潘（？—约286）和圣克雷皮尼安（？—约286）是古罗马时期的两兄弟，基督徒，为躲避宗教迫害，从罗马逃往今法国埃纳省的苏瓦松，以制鞋为生，同时传教，后被罗马皇帝处死。

274 ● 1959年，莫妮克·德·拉·布吕绍勒里（1915—1972）曾在巴黎西南厄尔-卢瓦省省会沙特尔市的沙特尔大教堂举行独奏音乐会。

275 ● 关于法语中“蛋黄酱”（mayonnaise）一词的语源，有一种说法是它得名自西班牙梅诺卡岛首府马翁港（Mahón）。1756年，法国贵族黎塞留公爵三世（1696—1788）在马翁港战胜英军。他的厨师为纪念这场胜利，就用当地地名命名了自己为主人改良过的这种本地沙拉酱。拿破仑三世（1808—1873）在位于1852—1870年，与此无关。

276 ●让·饶勒斯，法国政治家、社会党领导人之一。“一战”爆发前后，他推动外交解决法德矛盾，并在两国发动罢工以阻止战争，1914年7月31日被法国极端民族主义分子枪杀。

277 ●这两个词都是环境污染的代称。“黑流”指泄油事故。1967年3月发生的“托里峡谷号”（*Torrey-Canyon*）泄油事故，是历史上最严重的环境污染事件之一。“红泥”是从铝土矿中提炼氧化铝后排出的工业固体废物，会对土壤造成严重污染。

278 ●卡雷尔·恰佩克（1890—1938），捷克作家。“机器人”（robot）一词最早出现在他的代表作之一、科幻戏剧《罗素姆万能机器人》（*Rossumoviuniverzální roboti*）中。

279 ●吕克·布拉德菲尔，即布里克·布拉德福德（Brick Bradford）的法语译名，是

1933年开始连载的美国同名科幻连环漫画中的飞行员主人公。

281 ●法国陆军中的下士（caporal）和中士（sergent）两个军衔，在佩雷克列举的这几个兵种中使用不同的词语。其中，下士称为brigadier，原意为“准将”，中士称为maréchal-des-logis，maréchal原意为“元帅”。

282 ●莫里斯·舍瓦利埃，法国歌手、演员。1952年，他在巴黎西郊的富人区马尔讷拉科凯特（Marnes la Coquette）购置了一处豪宅。他的名字也出现在《人生拼图版》第五十二章和五十五章（分别见第242页和第264页）。

283 ●阿尔及利亚战争末期，“秘密军”为达成政治目的，多次在阿尔及尔和巴黎采取暗杀行动。袭击中，他们频繁使用塑性炸药，在小克拉马尔刺杀戴高乐即为其中一例（详见第250则注释）。1962年1月29日，雅克·罗莫利的服装店在此类袭击中被炸毁。

284 ●《巴黎之恋》（*Girls*，1957），美国歌舞喜剧片，通过三名女主角各自的视角讲述了一个舞团中发生的明争暗斗的故事。

287 ●波菲里奥·鲁维罗萨是多米尼加外

交官，1931—1937年他娶了本国军事独裁者特鲁希略的女儿为妻。

288 ●“铅笔”是法国讽刺漫画家埃马纽埃尔·普瓦雷（1858—1909）的笔名。他是拿破仑战争时期滞留俄国的法国军人之后，出生在莫斯科，19岁才回到法国。佩雷克编制的索引写错了他的生年。

289 ●拉孔特斯卡尔普（la Contrescarpe）是巴黎5区的一个小广场。

290 ●这是一首多语言混杂的埃及歌曲，歌名实际是《哦，穆斯塔法》（*Ya Mustafa*）。佩雷克记得的歌名是副歌部分的歌词。20世纪60年代初，埃及歌手鲍勃·阿扎姆（1925—2004）和土耳其歌手达里奥·莫雷诺都曾演唱过这首歌。

291 ●《水手小心》(1952)，美国喜剧电影，讲述了两名海军新兵随舰出航过程中发生的故事。两名主演长期搭档演出，是广播影视界很受欢迎的谐星组合。

296 ●这款名为“亲亲”（Baiser）的口红创始于1927年。1949年，厂商为它设计了新标志——一个蒙眼的红唇女性头像，大大增强了其传播度。

298 ●这是“二战”后出现的一个法国犯

罪集团，经常使用雪铁龙的前驱车型，并由此得名。佩雷克姑父的雪铁龙11CV轿车也属这个车型。

300 ● 他们都是美国喜剧明星。佩雷克编制的索引中，有两个人的生年与实际略有出入。其中，巴德·阿伯特的生年，有1895年、1897年、1898年等多种说法，官方记载是1897年；宾·克罗斯比据记载生于1903年，只是他本人始终坚持自己生于1904年。

301 ● 悉尼·贝谢是美国爵士乐音乐人，擅长演奏萨克斯管和单簧管，20世纪20年代和50年代先后两次在法国发展音乐事业，并终老于此。《黑夜是个女巫》是他在第二次留居法国期间创作的芭蕾舞剧。

304 ● 1945年，美国《读者文摘》杂志开设了专栏《增强你的词汇力》(It Pays to Increase Your Word Power)，向普通读者讲解词汇知识。

305 ● “伯马”(Burma)和“缪拉”(Murat)都是法国珠宝品牌，前者创始于1927年，后者创始于1851年。

306 ● 这是一首法国儿歌的第一段。整首儿歌共七段，每一段依序出现两个表示一星期中某一天的单词，用来教儿童学习怎样表达星期一至星期日。第七段的最后一句是：

既然这样

我们就再也不来

307 ●这是一则双关语。“小调协奏曲”原文作le concerto en sol mineur，与le conserttôten sol mineur（直译即“煤矿产地的阴茎用得早”）谐音，而法国的产煤区集中在北部。

310 ●“上尖下壮”原文作colossale，“领子肮脏”原文作sale au col，用法语读出来前后两个音节正好对调。

311 ●这是三个仿照外语姓名读音编造的人名。伊万·拉比比·乌苏佐夫，原文作Ivan Labibine Osouzoff，读音近似于“Il vend la bobine aux sous-offs”（意为“他卖劣酒给下士们”）。山本瓜下朴，原文作Yamamoto Kakapoté，读音近似于“Y a moto qui a capoté”（意为“我的摩托车坏了”）。哈里·科弗，原文作Harry Cover，读音近似于haricots verts（意为“绿豌豆”）。

312 ●1960年2月22日—3月20日，萨特应邀访问古巴。回国后，他撰写了长篇报道，当年6月28日—7月15日，分16次刊登在《法兰西晚报》上。

313● 布尔维尔是法国演员、歌手，1950年他在一部反对酗酒的电影短片中饰演了一个醉汉。

314● 这是一种1926年出现的木制玩具。主体是由形态各异的珠子组成的人物、动植物或建筑，用细绳连接起来，固定在底座上。底座下有一个小机关，可以控制细绳的松紧，玩具也随之呈现不同状态。

315● 这艘军舰以法国政治人物、曾四次出任海军部长的乔治·莱格（Georges Leygues，1857—1933）的名字命名，1937年入列，“二战”中参加过诺曼底登陆，1957年退役。

317● 这部电影和秀兰·邓波儿也出现在《人生拼图版》第七十九章（见第378页）。

318● 罗歇·尼古拉，法国谐星。“听着！听着！听着”是他的演出的标志性开场白。

319● 这种糖果1954年推出的时候，包装纸里印有可兑换的积分，后来改印冷笑话、文字游戏和脑筋急转弯等。佩雷克也是撰写这类文字的高手。

320● 这是一种冲调饮料，也出现在《人生拼图版》第十七章（见第62页）。

321 ●埃唐普是巴黎南部埃松省的副行政中心，距巴黎市中心约50千米。1949—1952年，佩雷就读于这里的寄宿学校。多年以后，埃唐普被他写进《人生拼图版》，小说核心人物之一瓦莱纳的家乡就设定在这里（见该书第十七章，第61页）。

322 ●1896年，美国亨氏食品采用一种新的宣传策略，将已有的60多种产品归并为57种，以统一形象面对消费者。后来，“亨氏57”进一步演变为该公司固定广告语。

323 ●两人都是“二战”中法国的飞行员。1943年8月，他们一同执行护航任务，穆绍特在空战中战殁。

324 ●弗里松-罗什（1906—1999），法国作家、登山家、探险家。“二战”期间参加了地下抵抗运动游击队。《打头阵》（1941）是他写的登山题材小说。

325 ●1965年11月9日傍晚，因发电站工作人员误操作，加拿大东部的安大略省和美国东北部多地发生了长达13小时的大面积停电事故，影响波及20.7万平方公里内的3000万人口。

326 ●《禁忌的游戏》（1952），法国电影，讲述了一个小男孩在二战期间救助一个父母双亡的小女孩的故事，由法国演员乔治·普茹利（1940—2000）与布丽吉特·福塞（1946— ）主演。

327 ●泰奥·萨拉波（1936—1970），希腊裔法国歌手、演员。他是法国著名歌手皮雅芙的第二任丈夫，但婚后仅一年，皮雅芙即病逝。“萨拉波”是皮雅芙亲自为他起的艺名，在希腊语中的意思是“我爱你”。

328 ●《新老实人》创刊于1961年5月，1967年停办。

329 ●《禁闭》是萨特的戏剧作品，讲述了三个被投入地狱的罪人以及一个地狱听差之间发生的故事。剧中，地狱的入口处被描写为一间法兰西第二帝国时代样式的客厅，客厅壁炉上放着一尊工艺品商巴伯迪耶纳（1810—1892）制作的青铜像。

331 ●朱西厄街（Rue de Jussieu）在巴黎5区（佩雷克拼错了街名，应为Rue Jussieu）。吕泰斯剧院得名自巴黎在罗马时期的旧称，1956年开业，1976年被拆除。

332 ●阿尔·里尔瓦（1916—2007），法国爵士乐音乐人，长号演奏家。1942—1975年，他带领乐队在蝉剧院的杂耍歌舞厅演出。

333 ● 巴德尔派，联邦德国左翼极端组织，起源于20世纪60年代末期的学生运动。

334 ● 1957年8月，法国《快报》以18～30岁的青年为对象进行了一次问卷调查。问卷共设21个问题，涉及道德标准、价值判断、生活方式、文化活动乃至着装习惯和观影倾向等多项内容。10月3日—12月12日，《快报》以《新浪潮来了！》为题推出系列封面报道，对调查结果进行了总结和分析。《快报》创始人之一弗朗索瓦丝·吉鲁（见第401则注释）作为这个系列报道的撰稿人，后来又以此为基础写出了《新浪潮：青年的肖像》（1958）一书，成为提出“新浪潮”概念的第一人。这个词也成为当时法国青年一代的泛称。1958年2月，法国记者、影评人皮埃尔·比亚尔（Pierre Billard，1922—2016）在自己主编的杂志《电影》上发表调查报告《40位40岁以下电影人：法国电影的青年学院》，首次明确将“新浪潮”与电影联系在一起。1959年，《快报》将“新浪潮”的概念用于年初发行的新电影，尤指参加当年戛纳电影节的新作。由此，“新浪潮”逐渐发展成为20世纪50年代后期法国青年导演主导的电影运动的代称。

335 ●《水的故事》(1961) 讲述了一男一女穿越洪水淹没的地区前往巴黎的故事。

336 ●《新浪潮来了!》和《新浪潮：青年的肖像》(见第334则注释) 引起广泛关注后，1958年6月26日—12月11日，《快报》在封面上加印了一个副标题：新浪潮的周刊。

337 ●约瑟夫·拉涅尔，法国政治人物，1953年6月—1954年6月任总理。1953年12月，勒内·科蒂 (详见第119则注释) 当选总统后，由于两人均属右翼，法国自1877年以来首次出现总统和总理同属右翼的政治局面。

338 ●1960年10月，法国政府向牛肉养殖户发出警示，牛肉价格高企将造成畜牧业危机，并发起一场宣传活动，宣传语为"跟着牛走"。同时，这句宣传语在法语中一语双关，还可理解为"关注牛肉"。

339 ●《皆大欢喜》(*Comme ilvousplaira*) 是瑞士法语广播电台的一档人文历史类节目，得名自莎士比亚同名喜剧。

340 ●让·诺安 (1900—1981)，法国作家、广播电视节目主持人和制作人。1923年，他使用"雅布纳"这个名字进入广播业。

341 ●让·康斯坦丁 (1923—1997)，法国

词曲作家、歌手。“我的拖鞋哪儿去了?”是歌曲《爸爸的拖鞋》(*Les Pantoufles à papa*)起首部分反复出现的一句歌词，并非这首歌的歌名。

342 ● “大胡子”是法国爵士乐鼓手、演员弗朗索瓦·加勒皮德(1929—1987)的绰号。

343 ● 莫格里·若斯潘(1924—2003)是法国长号演奏家。

344 ● 这家俱乐部在巴黎9区，1955年开业，最初是一间带有室内高尔夫设施的英式茶室。1961年，它转型为摇滚迪斯科舞厅，作为巴黎第一家这种类型的娱乐场所，被称为“摇滚圣殿”。

345 ● 《福哈斯签名》的导演是法国作家、广播节目制作人、演员皮埃尔-阿诺·德·沙西-普雷(1921—2003)。佩雷克把他的姓Chassy-Poulay(沙西-普雷)拼成了Chassis-Poulet(沙西思-普莱)。

346 ● 这是法国“旺德”牌电池1958年的广告语。

347 ● 《小鹿斑比》(1942)、《三骑士》(1944)、《幻想曲》(1940)都是美国迪士尼公司出品的动画电影长片。“卡里奥卡”并不是影片名，而是迪士尼影片《致候吾友》（*Saludos Amigos*，1942）中一只巴西鹦鹉的名字，这个词本身是“里约热内卢人”的意思。《大飞象》（*Jumbo*）也不存在，不过迪士尼同期出品过一部名为《小飞象》（*Dumbo*，1941）的影片。

348 ● 这些记忆都与北美有关。《鹿苑长春》（1938）和《我的朋友弗利卡》（1941）是美国作家创作的动物题材成长小说。ori-gnal即驼鹿，广泛分布于北美大陆。梅佐·德·拉·罗奇（1879—1961）是加拿大作家。

349 ●《在长椅上》（1954），法国电影，讲述了一对热爱哲学的流浪情侣突然继承了一大笔遗产之后发生的故事。

350 ●“足迹丛书”是法国插图儿童文学书系，1937年开始出版。

351 ●玛丽·贝斯纳尔（1896—1980），20世纪中期法国一起连环投毒杀人案嫌疑人。1927—1947年，她的两任丈夫和第二任丈夫的亲属共13人先后死亡，而死者尸体中均检测到超量的砷。贝斯纳尔被怀疑与这些人的死有关，1949年被捕。1961年，由于证据不足，她被无罪释放。此案当时争议极大，最终成为一个司法谜团。它也出现在

《人生拼图版》第六十三章（见第304页）。

353 ● 东方三王也出现在《人生拼图版》第六十四章（见第305页）。

354 ● 三只小猪是英国民间故事《三只小猪》的三个主人公，名字分别是纳夫-纳夫（Naf-Naf）、尼夫-尼夫（Nif-Nif）、努夫-努夫（Nuf-Nuf）。1933年，美国迪士尼公司将这个故事改编成动画电影时，将它们的名字改为小实际（Practical Pig）、小横笛（Fifer Pig）、小提琴（Fiddler Pig）。

355 ● 在《格林童话》中，《白雪公主》这个故事里的七个小矮人是没有名字的。1937年，迪士尼制作动画电影时，才给他们起了名字：万事通、爱生气、开心果、瞌睡虫、害羞鬼、喷嚏精、糊涂蛋。

356 ● 这是一种法国小报，以手绘封面和连环漫画为特色，发行于1949—1962年。

357 ● 这种牙膏推出于1893年，因膏体呈红色而独具特色。它和它的广告也出现在《人生拼图版》第四十五章（见第201页）。

361 ● 1862年，克歇尔为莫扎特的音乐作品编制出详尽的编年体目录，基本方法沿用至今。BWV，德语*Bach-Werke-Verzeichnis*（《巴赫作品目录》）的首字母缩写，是德国音乐学家沃尔夫冈·施米德尔（Wolfgang Schmider，1901—1990）1950年编纂完成的巴赫作品编年体目录。

363●《逃课》（1949），法国电影，以1920年法国东南部的普罗旺斯为背景，讲述了年轻的乡村教师改变传统教育方式，重新激发学生学习兴趣的故事。法国演员贝尔纳·布利耶（1916—1989）在片中饰演的主人公，原型是法国教育家、弗雷内教学法（包括自由表达、实验探索、协作生活三大原则）的创立者塞莱斯坦·弗雷内（Célestin Freinet，1896—1966）。

364●桑德拉尔，瑞士作家，后入籍法国。《艰难航行》（1948）是他的四卷本自传性作品的第三卷，以11个欧洲港口（其中一个是虚构的）为背景展开写作。1953年和1957年，法国的两家读书俱乐部"最佳图书俱乐部" Club du meilleur livre）和"法国图书俱乐部"（Le Club français du livre）先后再版过这部作品。

366●"苏瓦松的圣器"是关于法兰克王国墨洛温王朝国王克洛维（465—511）的历史传说。486年，克洛维在苏瓦松战役中击败西罗马帝国。据传，在按惯例分配战利品时，克洛维曾提出将一件被视为圣器的盛器（与耶稣受难有关）归还基督教会，一名士兵反对此事，当场将圣器砸碎。事后，克洛维没有处罚这名士兵，只是将破碎的圣器交给了教会。一年后，克洛维借故将砸碎圣器的士兵杀死，并留下“记住苏瓦松的圣器”的话。此传说并无可靠历史记载，但一度进入法国历史教科书（直至20世纪60年代）。这个传说也出现在《人生拼图版》第二十二章（见第86页）。

367 ● 伊塞塔是一种三轮微型小汽车，20世纪50年代由意大利汽车公司推出。1956年，第二次中东战争爆发，油价暴涨，微型车辆由于燃油经济性好，在欧洲流行了相当长一段时间。

368 ● 《一个快乐的夏天》（1951），瑞典电影，讲述了一个受过高等教育的城市男青年与一个被家人严格管束的乡村姑娘之间的爱情悲剧。

369 ● 卡里尔·切斯曼（1921—1960），美国一起抢劫、绑架、强奸案中的罪犯。案件于1948年1月开始审理，5月审结，切斯曼被判处死刑。后因程序问题，他多次获缓刑，1960年5月被处死。由于切斯曼最初坚持自行辩护，案件审理程序也存在诸多问题，此案在当时广受关注，争议不断。切斯曼死后，美国掀起反对死刑的浪潮。

370 ● 皮埃尔神父（1912—2007），法国慈善家，1949年创立以帮助穷人为宗旨的慈善机构“以马忤斯运动”（Mouvement Emmaüs）。

371 ● 1952年，法国医生保罗-费力克斯·阿尔芒-德利尔（Paul-Félix Armand-Delille，1874—1963）为消灭自己私人土地上的野兔，人为引入黏液瘤病毒，造成兔黏液瘤病在法国大面积传播，超过90%的野兔因此死亡，家兔养殖业也遭受重大打击。

372 ● 《失去的大陆》（1955），意大利电影纪录片，讲述了几个意大利探险家在东南亚海域航行游览的经历。

373 ● 扎匹·马克斯（1921— ），法国电台主持人、电影演员，主持过广播才艺选秀节目。

374 ● 扎托佩克（1922—2000），捷克长跑运动员。1952年，在赫尔辛基奥运会上夺得五千米、一万米和马拉松三项金牌。

375 ● 范吉奥（1911—1995），阿根廷职业

赛车手。1958年2月23日，他在哈瓦那参加比赛期间被卡斯特罗领导的古巴革命组织“七二六运动”劫持。范吉奥被扣押29小时后重获自由，并因同情古巴革命，与劫持者结下了友谊。次年，古巴革命成功。

376 ●《马古先生》，美国系列动画短片，1960—1962年播出。

377 ●1954年8月1日，巴黎出台法令，禁止汽车在非危险情况下鸣笛。

378 ●这对姐妹是法国高山滑雪运动员。1964年，在奥地利因斯布鲁克举行的第九届冬季奥运会上，两人各获得一枚金牌、一枚银牌。

379 ●圣安德烈艺术街（Rue Saint-André des Arts）在巴黎6区。阿尔·莱维特（1932—1994），美国爵士乐鼓手，1956—1957年曾在巴黎演出。

380 ●保大帝（1913—1997），越南阮朝末代皇帝。儒夫人，即陈丽春（1924—2011），南越“越南共和国总统”吴庭艳（1901—1963）的弟媳。

381 ●1949—1957年，哈里斯（1920—1992）先后五次创造场地自行车一千米计时赛世界纪录。

383 ● 让·保罗·大卫(Jean Paul David, 1912—2007),法国右翼政治人物。

384 ● 这是一句双关语。“碰杯”(trinquer)在法语俗语中有“遭殃、倒霉”的意思。

385 ● 斯贝尔曼是爱尔兰裔美国籍天主教领袖。

386 ● 汤森(1914—1995)曾任英国国王乔治六世(1895—1952)的侍从官,其间与乔治六世的女儿、小自己16岁的玛格丽特公主(1930—2002)相恋,遭多方反对。

387 ● 奥里诺科河—亚马孙河探险是法国探险家在1948—1952年探索南美洲大陆的一次活动。安纳布尔纳峰属于喜马拉雅山脉,法国登山家在1950年6月登上此峰,是人类首次登上8000米以上高峰。丹增(1914—1986),全名丹增诺盖,尼泊尔人,是最先登上珠穆朗玛峰(1953年5月29日)的两个人之一。

388 ● 《平静的老爹》(1946),法国电影,讲述了“二战”期间一位带着女儿一起生活的父亲秘密参与反抗纳粹活动的故事。诺埃尔-诺埃尔(1897—1989)在影片中饰演父亲。

389 ● “普罗富莫事件”是1963年曝光的

一起英国政坛丑闻。英国陆军大臣普罗富莫（1915—2006）与模特克里斯蒂娜·基勒（1942—2017）牵涉其中。

390 ● “巨人阿斯特拉”，比利时人，身高2.35米。皮埃拉尔，法国演员，身高1.23米。

391 ● 卢蒙巴是刚果（利）[ 今刚果（金）] 独立运动领导人，该国独立后任总理兼国防部长，后在军事政变中遇害。

392 ● 78转唱片又称粗纹唱片，是1925年至1955年间最主流的唱片格式。

393 ● 据佩雷克的姑姑和表姐回忆，并无此事。见佩雷克自传性作品《W或童年回忆》中译本（樊艳梅译，南京大学出版社，2014））第97页。

395 ● 这是美国玛氏食品公司1967年为旗下“崔斯”品牌三种糖衣巧克力产品推出的广告语。

396 ● 这些都是法国文学杂志。

398 ● 沙逊（Sasoon）应为沙宣（Sassoon），见本书序言。

399 ● “普罗沃”（Provo）源于荷兰语provoceren，意为“挑衅”，是1965—1967年荷兰激进青年发起的一场城市运动。

401 ● 克洛德·朗兹曼（1925—2018），犹

太裔法国作家、电影导演，1952年加入萨特与波伏瓦创办的杂志《摩登时代》，并在波伏瓦身后任主编。弗朗索瓦丝·吉鲁（1916—2003），犹太裔法国记者、作家，《快报》创始人之一，曾任法国负责女权事务的国务秘书。此处提到的这篇文章载于《摩登时代》1953年1月号（总第87期），作者其实是法国记者、作家雅克-洛朗·博斯特（1916—1990）。

402 ● 这是一种甘草制成的冲调型饮料粉，全称“布尔甘草”（Coco Boer，得名自布尔战争），包装盒是一个圆筒。

403 ● 路易·马勒（Louis Malle，1932—1995），法国电影导演。库斯托（1910—1997），法国海底探险家。1955年，刚刚从电影学校毕业的马勒接受库斯托邀请，参与摄制了反映海底情况的纪录片《静静的世界》。该片先后获得金棕榈奖和奥斯卡奖。

404 ● 克洛德·吕特（1923—2006），法国爵士乐音乐人，单簧管和萨克斯管演奏家。洛里昂泰俱乐部，1946—1948年开设在巴黎5区一家宾馆地下，是“二战”后第一家“小地窖”类型夜总会和最早的法国青年爵士乐迷集散地。

406 保罗-埃米尔·维克托（1907—1995），法国极地探险家，1947—1976年领导法国极地探险队多次考察南北极。哈罗恩·塔捷耶夫（1914—1998），法国地质学家，参与过库斯托的海底探测，受《静静的世界》启发摄制了关于火山的纪录片《魔鬼的高炉》（*Les Rendez-vous du diable*, 1959）。

407 这是两则谐音笑话。前面两句对话原文作“Ouk Elabon'Polin'? Alagar, elpiséfé kaka!”，是在戏仿希腊语“ουκ έλαβον πόλιν αλλα γαρ ελπις εφη κακα”（他们没有攻下城，因为他们毫无希望），读音类似法语“Oùqu'est la bonne Pauline? À la gare. Elle pisse et fait caca.”（女佣哪去了，波利娜？在车站，她尿尿和拉屉屉）。后面一句是拉丁语，原文作“Cesarem legato alacremeorum”（恺撒生气地对他们的使者说），读音类似法语“César aime les gâteaux à la crème et au rhum”（恺撒喜欢奶油朗姆酒蛋糕）。

408 这些都是经典的公路自行车职业赛事。列日—巴斯托涅—列日单日赛在比利时举行，米兰—圣雷莫单日赛在意大利举行，其他赛事均在法国举行。

409 ●业士证书（bac）是法国高中生通过毕业会考后获得的文凭，凭此证书可申请进入大学。法国学生有在考试结束后举行庆祝活动的传统，形式之一是以手搭肩排成纵队在户外游行。1967年，这种活动被警方叫停。

410 ●蒙帕纳斯火车站原来位于巴黎15区最东端，1965年被拆除，1969年在原址西南重建。

411 ●1945年10月21日，法国举行制宪会议选举和公民投票。公民投票包括两个问题：第一个问题是“您是否希望今日选举出的会议成为制宪会议?”，第二个问题是“如果对第一个问题回答‘是’，那么在新宪法实施前，您是否赞同依照选票所附法律草案临时组织公共权力机关?”。投票结果：96.37%的有效票对第一个问题回答“是”，这意味着1875年通过的法兰西第三共和国宪法被否决，法国将制定新宪法；66.48%的有效票对第二个问题回答“是”，这意味着新选出的制宪会议仅有7个月时间掌握组建政府的权力。投票结果反映了法国两方面的民意：一方面是绝大多数法国人赞成制定新宪法，另一方面是相对多数法国人赞成限制议会权力。在这次投票中，“是，是”的回答是以戴高乐为代表的、主张建立强力政府的政治力量所希望的，“是，否”的回答则是以法国共产党为代表的、主张议会拥有最高权力的政治力量所希望的，而由于第二个问题是以第一个问题为前提的，“否；是”的回答并不存在。1946年5月5日，法国就制宪会议出台的新宪法草案举行公民投票，结果这个主张国民议会一院制以及议会控制政府的草案以47%赞成、53%反对被否决。10月13日，新宪法草案第二稿提交公民投票，这一草案维持了国民议会和共和国参议院两院制，以国民议会为国家权力中心，最终以53%赞成、47%反对获得通过。法兰西第四共和国由此诞生。

412● 雅克·戈代（Jacques Goddet，1905—2000），法国体育记者，环法自行车赛主办人，体育日报《队报》创始人。乔治·布里凯（Georges Briquet，1898—1968），法国体育记者、广播节目主持人，被法国广播界誉为“记者之王”。

413●《法国的年轻人都是音乐家》，法国电台音乐节目，播出于20世纪60年代和70年代。

414 “有翼的马”是美国美孚石油公司的标志——一匹红色的飞马。“天蓝”（Azur）是法国德马雷兄弟公司（Desmarais frères）的燃油品牌，两次世界大战之间曾遍布法国各地加油站，1970年随着德马雷兄弟公司被其他公司收购而消失。

416 1929年，法国标致汽车公司推出名为“标致201”的新型号，自此开始以第二位是0的三位数字为旗下车型命名，并将101—909中第二位为0的所有数字都注册为其车型专用。每个数字的具体含义是：第一位数字表示车型大小，数字越大，车身越大；第三位数字表示车型新旧，数字越大，型号越新。“太平洋231”是蒸汽机车型号，“231”指这种机车前部2根轴，中部3根轴，后部1根轴。

417 奥·索格洛（1900—1975），美国连环漫画家。

418 朱瓦卡特（Juvaquatre），法国雷诺汽车公司1937年推出的四座小型轿车，1960年停产。

419 见第146则注释。

420● “梅卡诺”，英国金属拼接玩具品牌，始创于1898年。“梅卡诺6号”是该品牌在“二战”之后推出的系列，能够组装成飞机、卡车、轮船、风车、桥梁等20余种形态。

421●20世纪50年代以后，塑料逐渐成为生产玩具兵的主流材料。

422●1952年暑期，佩雷克作为犹太人一生唯一一次前往以色列。其间，他与堂兄弟一起参加了附近集体农场“莫迪凯牧场”（Ne'ot Mordechai）的童子军，负责收割向日葵。

424●这是法国歌曲《橱窗里的小狗》（*Le Chien dans la vitrine*，1952）开头的两句歌词，原歌词如下：“橱窗里的小狗多少钱？那只漂亮的黄白小狗。”佩雷克编制的索引将第一句歌词当成了歌名。

425●《十六吨》（1946），讲述煤矿工人生活的美国歌曲。

426●这是法国歌曲《电话机》（*Le Téléfon*，1967）中的歌词。

427● 这是瑞士歌曲《老屋》（*Le Vieux Chalet*，1911）中的歌词。佩雷克记得的歌词与原歌词略有出入，原歌词如下：“高高山上，是座老房，白白墙面，木片屋顶，一棵老桦，在那门前。”

428 ●改写自法国民歌《高高山上》。

429 ●原文作“j’en ai marre, marre àbout, bout de fi celle, selle de cheval, cheval de-course, course à pied, pied à terre, terre de feu, feu follet, lait de vache, vache de ferme, fermeta gueule”，类似中文中的成语接龙。

431 ●关于“尼龙”（NYLON）的词源，有一种民间说法：20世纪30年代，日本纺织品的国际市场占有率很高，尼龙出现后对日本产品冲击很大，于是有人揶揄日本“Now you’ve lost, old Nippon”（“现在你完蛋了，老日本”），并用这句话的首字母缩写称呼尼龙。

433 ●杜拉东一家，法语广播喜剧《杜拉东一家》中的家庭。这部广播剧播出于1937—1966年，1939年和1956年先后两次被搬上银幕。

434 ●这是一种帽后饰有动物尾巴的翻毛无檐帽，得名自美国开发西部时期的传奇人物戴维·克罗克特。这种帽子也出现在《人生拼图版》第五十四章（见第255页）。

436 ●《乱世忠魂》（1953），美国电影，讲述了“珍珠港事件”发生前美军夏威夷军营中一个有关爱情和友情的故事。

437 ● 卡纳斯塔纸牌，一种四人分两组用两副扑克玩的纸牌游戏。在《人生拼图版》第八十七章中，这一游戏位列马尔维勒连锁酒店为客人提供的750种旅游文化活动之一（见第425页）。

438 ● 米嘉努·芭铎（1938— ），法国演员，1970年移居美国，她的姐姐是法国巨星碧姬·芭铎（见第469则注释）。

439 ● 应是指犹太裔美国演员小埃弗雷姆·津巴利斯特（Efrem Zimbalist Jr.，1918—2014）。佩雷克把他的名字Efrem（埃弗雷姆）拼成了Éphraïm（埃弗拉伊姆）。

440 ● 这是法国父亲节儿歌《小爸爸》的歌词，最后两句是：

> 还有一束花往你的心间送达。
>
> 小爸爸，小爸爸！

441 ● 这是法国歌曲《上个毛球高中》（*Au lycée Papillon*）副歌部分的歌词。佩雷克编制的索引写错了歌名。

442 ● 两人都是法国自行车职业赛车手，20世纪40年代在赛场上很活跃。

445 ● 《茜茜公主》，奥地利电影，共三部。

主演罗密·施奈德（1938—1982）是德国演员，后移居法国。

446 《法尔毕克》（1947），法国电影纪录片，通过展现法国南部阿韦龙省市镇古特朗（Goutrens）一户农民一年四季的生活场景，反映了“二战”后法国农村的社会风貌。

447 艾克是美国前总统艾森豪威尔的昵称。1952年，他参选总统时，他的支持者喊出了“我喜欢艾克”的口号。巴里·戈德华特（1909—1998），美国共和党人，1964年曾参选总统。他的姓Goldwater恰好由gold（金，化学符号Au）和water（水，化学符号$H_2O$）组成。

448 让·罗比克（1921—1980），法国公路自行车职业赛车手。他的前妻在巴黎曼恩大街（Avenue du Maine）拥有一家咖啡馆。20世纪50年代后半期，罗比克参与过咖啡馆的经营。

449 让·亚纳（1933—2003），法国演员、歌手、导演、节目制作人。

451 《猎人之夜》（1955），美国惊悚电影，根据真实事件改编，讲述了一个牧师为占有一笔赃款而接近并谋害一名寡妇及其一双儿女的故事。该片由英国演员、编剧、导演查尔斯·劳顿执导，美国演员罗伯特·米彻姆（1917—1997）饰演反派角色牧师。

453 ●这是20世纪60年代法国的流行双关语，大意是：小孩子只有像豌豆大小的脑袋，豌豆由此指代小脑袋、小孩子；由于他们很容易因害羞而脸红，所以小豌豆的颜色是红色而不是绿色。

454 ●这些都是法国舞台剧作品，首演时间分别是1948年、1951年、1954年。

455 ●应是指法国演员、歌手弗兰克·费南代尔（Franck Fernandel，1935—2011），他的父亲是喜剧明星费南代尔（1903—1971，原名费尔南·孔唐丹）。佩雷克把他的名字Franck（弗兰克）拼成了Frank（弗朗克）。

457 ●这三个人皆为法国高山滑雪运动员。

458 ●这三个人皆为母语是西班牙语的娱乐明星。格洛丽亚·拉索（1922—2005）是西班牙人。蒂尔达·塔马尔（1921—1989）是阿根廷人。玛丽亚·费利克斯（1914—2002）是墨西哥人。

459 ●这是两起与房地产有关的法国腐败案，都牵涉到了戴高乐的亲信官员。“拂晓”是巴黎西南郊布洛涅-比扬古地区一片住宅区。该项目施工过程中，工程承包商兼建筑设计师费尔南·普永（Fernand Pouillon，1912—1986）被怀疑在购地、预售等环节存在投机和财务造假等违法行为，而这些行为得到了涉嫌受贿官员的庇护。1964年，普永获刑三年，但舆论认为，他背后那些有贪腐之嫌的官员并未受到惩处。不动产担保公司是巴黎一家私营房地产投资公司。1971年，该公司被指控在经营中设置“庞氏骗局”。若干名被认为是亲戴高乐的政界人士均卷入该案，后被判刑。

460 ● 塞尔日·里法尔（1905—1986），乌克兰裔法国芭蕾舞蹈家。1958年3月30日，他与著名芭蕾舞团经理人奎瓦斯侯爵（见第171则）在芭蕾舞剧改编等问题上发生争执，两人为此相约进行了一次用剑的决斗。决斗以里法尔手臂受轻伤、两人相拥而泣告终。

461 ● 新闻片最早出现在1908年，是一种电影形式的新闻传播媒介，黄金时期是20世纪30年代。后来，随着电视的日益普及，新闻片由于成本高、时效性差，制作和放映日渐式微，20世纪60年代末基本消失。

462 ● 奥德翁剧院的北侧拱廊下曾聚集过

众多摆摊的旧书商。

463 ●这是巴黎的四家独立电影院，前三家开业于20世纪30年代，最后一家开业于“二战”后不久。20世纪40年代后期至60年代后期，这四家电影院经常同步上映相同的电影。

465 ●伊玛·苏玛克（1923—2008），秘鲁花腔女高音歌唱家，后入籍美国。

467 ●勒内-路易·拉福格（1928—1967），法国创作型歌手。《红发朱莉》（1956）是他创作并演唱的歌曲。1958年，拉福格参演了受这首歌曲启发的同名电影。

469 ●碧姬·芭铎（1934— ），法国演员、歌手、模特，国际巨星。这里提到的三首歌曲《西多妮不止一个情人》《坐上哈雷摩托车，我谁都不怕》《夏日尽头》，歌名依次应为《西多妮》（*Sidonie*，1962）、《哈雷摩托车》（*Harley Davidson*，1967）、《在夏日尽头》（*À la fin de l'été*，1964），佩雷记得的歌名实际上是这三首歌的歌词，并且《哈雷摩托车》的原歌词是“坐上哈雷摩托车，我谁都不需要”。

470 ●贝蒂·麦克唐纳（1907—1958），美国作家。《我在奥林匹克山下的村野生活》

(1945)是她的自传性幽默作品。

472 ●应为《汤普森少校的记事本》(*Les Carnets du Major Thompson*, 1955),佩雷克记错了主人公的名字。这是一部法国喜剧电影,讲述了英国退休军官汤普森定居巴黎并迎娶法国妻子后,因文化冲突而引发的一系列故事。

473 ●乔治·米凯什(1912—1987),匈牙利记者、作家,后入籍英国。《如何当个外国人》(1946)和《如何建成摩天楼》(1948)是他的两部幽默散文集,以一个欧陆人的视角分别描绘了英国人和美国人独特而鲜明的特性。

474 ●《亲爱的卡罗琳》(1947),法国作家雅克·洛朗(Jacques Laurent, 1919—2000)的小说,讲述了法国大革命背景下一个贵族女子的爱情故事。1951年,这部小说改编的同名电影上映,1967年又被重拍。

475 ●“实用面积”是法国计算房租时使用的一种概念。确定房屋的实用面积,要根据房屋所处位置、配套设施、周边环境等情况计算出一个或高于或低于1的修正系数,再以净使用面积乘以这个系数。

477 ●巴黎城市地铁公司是最早的巴黎地

铁特许经营商，建设和运营了1～11号线。1902年，巴黎南北地下电气铁路公司也获得地铁经营权，并陆续开通了两条线路。1931年，后者被前者收购，它运营的两条地铁线改称12号线和13号线，也即南北地铁线。

478 ●根据佩雷克研究专家罗兰·布拉瑟尔的说法，这个图形中隐藏着纳粹的卐字符。

479 ●1951年12月21日，美国运输船“飞行企业号”（*Flying Entreprise*）由汉堡开往美国途中，在英吉利海峡遭遇风暴受损。该船后虽经多方救援，但仍于1952年1月10日沉没。事故造成1人死亡。该船丹麦籍船长亨里克·库尔特·卡尔森（Henrik Kurt Carlson，1914—1989）事发后始终留在船上组织指挥救援，距全船彻底沉没不足50分钟才撤离。不知何故，佩雷克在其编制的索引中，将提及这位船长那一则的编号列入了“歌曲”条目之中。